图书在版编目(CIP)数据

一座城，一个梦 / 孙侃著. —杭州：浙江工商大学
出版社，2021.7

ISBN 978-7-5178-4665-9

Ⅰ.①—… Ⅱ.①孙… Ⅲ.①报告文学—中国—当
代 Ⅳ.①I25

中国版本图书馆CIP数据核字(2021)第192119号

一座城，一个梦
YI ZUO CHENG YI GE MENG

孙 侃 著

出 品 人	鲍观明
策划编辑	郑 建
责任编辑	郑 建
封面设计	望宸文化 沈玉莲
责任印制	包建辉
出版发行	浙江工商大学出版社
	(杭州市教工路198号 邮政编码310012)
	(E-mail：zjgsupress@163.com)
	电话：0571-88904980，88831806(传真)
排 版	杭州望宸文化传媒有限公司
印 刷	浙江海虹彩色印务有限公司
开 本	889 mm×1194 mm 1/16
印 张	12.5
字 数	192千
版 印 次	2021年7月第1版 2021年7月第1次印刷
书 号	ISBN 978-7-5178-4665-9
定 价	218.00元

前　言

"古来青史谁不见，今见功名胜古人。"（唐·岑参）

2003年12月31日，在时任浙江省委书记习近平同志亲自谋划、推动和见证下，浙江清华长三角研究院签约落户南湖畔。2005年4月10日，浙江清华长三角研究院揭牌暨总部大楼奠基仪式在嘉兴科技城举行，习近平同志又亲自为大楼揭牌并奠基。以浙江清华长三角研究院、浙江中科院应用技术研究院为"双核"发展起来的嘉兴科技城，始终得到了习近平总书记的关怀和支持。经过18年的不懈努力，从"两院"平台发展到"2＋X"创新载体，从一张白纸发展到全省名列前茅的高新区，嘉兴科技城已成为浙北地区技术、信息、人才最为集中的核心高地和省级区域创新体系副中心的主平台和核心区，并将积极建设成为长三角区域重要的科技成果转化基地和产学研合作示范基地。

嘉兴科技城是在浙江省全面实施"八八战略"过程中创建起来的。南湖区全面贯彻实施省委、省政府"引进大院名校，共建创新载体"战略，在市委、市政府的部署下，抢抓历史性机遇，推动人才科研资源集聚，推动区域经济转型升级，开创了省校合作、校地合作的自主创新模式，在昔日的城郊乡野上，建设起一座具有现代科技水平的生产、生活、生态"三生"融合的科创新城，其间的艰辛一时无法道尽，其间的故事可歌可泣。

如今，嘉兴科技城以"人才带项目、项目育人才"的思路，不断汇聚人才资源，持续注入主导产业新活力；围绕"微电子、智能装备、生物医药"三大主导产业，加快重大龙头企业集聚，加强优质企业培育，有效提升开放创新水平；国家"双创"示范基地、国家互联网产业国际创新园、国家检验检测高技术服务业集聚区、浙江省"万亩千亿"微电子新产业平台等纷纷"花开"嘉兴科技城，一大批科创平台和产业平台成为区域经济集群式发展的强力引擎。

作为全国"双创"示范基地、G60沪嘉杭科创走廊重要节点，在长三角一体化发展国家战略和嘉兴全面接轨上海首位战略的历史机遇下，嘉兴科技城要提高站位、开足马力，进一步发挥在区位、交通、人才、产业这四大关键要素上的明显优势，围绕"科技创新、人才创新、产业创新"的主线，在重大平台合作、高端产业承接、创新资源嫁接等方面加速融入长三角，跑出高质量融入长三角的"5G"速度；要在精心打造软件园、通讯园、芯片园、材料园、生物园、孵化园"两核六园四大产业"格局的基础上，切实做好主动服务、高效服务、优质服务这篇文章，大力拓展结对平台，全面开展各类对接活动，深化接轨上海和融合长三角一体化；要结合"1341"新型产业体系，提高科创水平，深入开展"双招双引"工作，全力构建具有竞争力的现代产业体系，在人才、平台、产业等各方面奏响高质量发展的新乐章。

这部长篇报告文学《一座城，一个梦》，以文学的笔法，通过典型人物和生动故事，全面记录了嘉兴科技城奋楫笃行、勇猛精进的发展历程和人文历史底蕴，生动描述了一个个难能可贵、感人至深的"双创"故事，集中塑造了一群科创产业领域中才华卓越、敢于尝试的优秀人才，充分展现了新时代嘉兴科技城大力弘扬红船精神，以实干迎战、以实绩作答，同时间赛跑、与困难较量的奋斗激情和精神风貌，既具有真实性、史料性，又不乏文学性、可读性，是一部值得阅读、值得传播、值得留存的好作品。让我们时刻保持沸腾的状态，坚决扛起建设"重要窗口"中的最精彩板块之"首善之区"的使命担当，以最佳干劲朝着新的目标奋力拼搏，推动各项工作走在前列。

中共嘉兴科技城工作委员会

嘉兴科技城管理委员会

2021年6月

目录
CONTENTS

第一章

南湖畔矗立起一座
科创新城

浙江清华长三角研究院的成功落户，迈出了建设嘉兴科技城的第一步。

科创实力较快增强，科创成果愈加丰硕。高端创新载体的不断落户和聚集，为嘉兴科技城插上了起飞的翅膀。

始终高擎解放思想、创新为先的旗帜，"高起点规划、高品位建设、高水平集聚"地推进嘉兴科技城建设。

一 棋子落下，校地合作的典范之作

作为第一个落户嘉兴科技城的国内一流科研机构，浙江清华长三角研究院的签约和建成，是浙江"引进大院名校，共建创新载体"战略的重要一步，它极大地带动了南湖区、嘉兴市，乃至更大区域的科创水平和经济发展速度。

一枚棋子，一枚校地合作的棋子，一枚立足浙江、辐射"长三角"、增强浙江自主创新能力的重要棋子，在这个中国社会经济最发达的棋局中，在上海与杭州之间，在鱼米之乡的江南名城嘉兴，郑重地落下。

这是一枚充满希望的棋子，是一枚具有强劲实力的棋子，更是一枚奔向美好未来的棋子。

2003年12月31日，浙江清华长三角研究院签约成立，并明确在嘉兴城东秀城区（2005年5月后更名为南湖区）内落户。浙江清华长三角研究院为浙江省人民政府与清华大学本着"优势互补、共同发展"原则，联合组建的研究机构，是实行企业化管理的事业单位。

浙江清华长三角研究院的宗旨和

工作任务是：以清华大学的技术、人才为依托，充分发挥和利用浙江省和清华大学的优势，面向国际竞争，面向浙江与长三角经济社会发展需求，将在先进制造、信息技术、生物医药、生态环境保护、海洋资源开发等领域，设立重点实验室、工程研究中心和博士后工作站，建立国际技术转移中心和继续教育基地，将研究院建成国内一流的科技创新、人才培养和高新技术产业化基地，促进清华大学教育、科技事业和浙江省及长三角科技、经济与社会的全面发展。

浙江清华长三角研究院在嘉兴市南湖区的成功落户，迈出了建设嘉兴科技城的第一步。从此，南湖畔的这片沃土风生水起，创下了一个又一个科技创新、经济发展、社会进步的奇迹。

"大鹏一日同风起，扶摇直上九万里。"（唐·李白）当大鹏在这一天与大风同时飞起，凭借风力直上九天云外。改革开放持续深入，中国经济发展不断增速，科技创新成果迭出，科创人才四方麇集，高质量发展成为不可阻挡之势……这一切，都让浙江清华长三角研究院所在的嘉兴科技城插上了高飞的翅膀。18年后的今天，嘉兴科技城已是浙江省最重要的高新技术产业园区之一，是嘉兴市打造省

区域创新体系副中心的主平台和核心区。

浙江清华长三角研究院的建立和落户南湖，是在时任浙江省委书记习近平的亲自谋划、推动和见证下实现的。

2003年3月17日，正在北京参加全国"两会"的习近平，抽出时间，率浙江省党政代表团赴清华大学，与时任清华大学党委书记陈希一起，研究讨论校地合作事宜，并达成了一定的合作意向。这一合作意向奠定了浙江清华长三角研究院落户浙江嘉兴以及嘉兴科技城建设全面启动的基础。

"浙江清华长三角研究院的落户，是实施省委、省政府'引进大院名校，共建创新载体'战略的重要一步。众所周知，清华大学的科技创新力量，在全国一向是一流的。其时，清华大学已在北京、深圳和河北，即京津冀、珠三角区域一共建立了三座研究院。第四座研究院究竟放在哪里合适，长三角区域显然是个最合适的选项，这也是当时的浙江省委和清华大学一致的选择。"时任秀城区人民政府副区长、嘉兴科技城管理委员会主任孙旭阳，当年参与了浙江清华长三角研究院和嘉兴科技城的筹办事宜，对筹办过程的记忆十分清晰。

浙江省与清华大学合作共建研究

院的事宜达成一致意见后，具体筹办工作随之推进。

其时，时任嘉善县科技局副局长的卜京伟（后曾任嘉兴科技城管理委员会副主任），正在清华大学科技开发部挂职。科技开发部是清华大学具体负责校企合作事务的部门，河北、深圳两座研究院的负责人原先也都是该科技开发部的工作人员。"我到清华大学挂职前，嘉善县已经开建科技企业孵化器，当时叫嘉善科创中心，很希望把这个科创中心好好地发展起来。恰巧，在我挂职的科技开发部里，有一位石老师是从嘉兴一中考上清华的，后来又留在那里工作。从他那里，我得知了清华将在长三角建立研究院的意向，便把这个重要信息，在第一时间向县里的主要领导做了汇报。县里对这一信息非常重视，随即开始谋划，该如何争取清华长三角研究院项目落户到嘉善。"

其实，当嘉善以及后来的平湖，省内的萧山、上虞等地得知这一信息后，纷纷想方设法，开出优厚条件，努力让这座拟建中的研究院落户到本地之时，嘉兴市和南湖区也在加紧争取落户。

就在这个时候，时任嘉兴市科技局局长柴永强也从清华大学科技开发部得知了拟建清华长三角研究院这一

信息。清华大学方面对研究院的选址已经有了初步的建议，即在上海周边选址，基本原则是这个院址要靠近上海但不在上海，离江浙各大城市又比较近。柴永强当即表示：清华大学是国内一流名校，有这样的机遇，我们当然不能错过！

然而，嘉兴市科技局是一个政府部门，要让这个项目落户，必须尽快满足土地、资金等具体条件。此时，时任中共秀城区委书记赵树梅、秀城区人民政府区长魏建明等得悉此事后，马上产生了投资的想法，当即承诺，在秀城区落户，要人有人，要地有地。

秀城区的表态和承诺，很快得到时任中共嘉兴市委书记黄坤明、嘉兴市人民政府市长陈德荣的支持。当时，黄坤明指示：嘉兴投资要着眼未来，虽然从近期看，引进大院名校不可能一下子出成绩，但我们不能急功近利。

于是，2003年5月13日，在首届"南湖之春"经贸洽谈会结束后去温州的路上，魏建明请孙旭阳先行拿出引进清华长三角研究院的方案。"当时恰逢中国电子科技集团第三十六研究所（以下简称'中电科三十六所'）提出扩建厂房要求，所以我按照区长的要求，在靠近嘉兴城市建成区的地

方选择地块，把中电科三十六所和清华长三角研究院两个单位放在一起考虑，并提出了'打造科技城作为承接大院名校的平台'的想法。"孙旭阳回忆，当时他力荐"科技城"或"科学城"这一名称，以使这座研究院所在的开发园区突出其科技创新这一元素，有别于常见的"经济开发区""工业园区"。

引进清华长三角研究院的初步方案拟定不久，经区委书记办公会议和常委会议研究决定，积极争取清华长三角研究院入驻秀城区并进行"中国长三角·嘉兴科学城"项目的前期可行性研究工作。

嘉兴市和秀城区为什么如此希望清华长三角研究院落户？这无疑缘于嘉兴市和秀城区社会经济发展的形势、任务和目标。进入21世纪以来，随着国际产业、投资向中国长江三角洲大规模转移，嘉兴与周边交通枢纽逐步完善，嘉兴市委、市政府实施"北控南移、东进西拓、中间完善"的城市规划。2003年，秀城区提出在城市东南，处于沪杭高速、乍嘉苏高速和跨海大通道之间的黄金三角区域，完善区内交通网络，整合秀城区工业区和乡镇工业园区，建设约100平方千米的"中国金三角·嘉兴工业区"。亚太嘉兴科技工业园区是该工业区中高科技产业先导区，区位优越，中电科三十六所、天通控股等科研机构和高科技企业已经入驻。若对该工业区进行转型、整合，并引入一批顶级科研机构和高科技企业，建立区域创新体系副中心的主平台和核心区，将极大地带动秀城区、嘉兴市，乃至更大区域的科创和经济的快速发展。是的，没有比清华长三角研究院更合适、更理想的一流科研机构了，它一旦入驻，其巨大的带动作用是无法想象的。在这种情况下，引入这一科研机构，整合原有10平方千米的亚太嘉兴科技工业区，建设约5000亩的"中国长三角·嘉兴科学城"非常有必要。

2003年5月，"非典"疫情封锁期刚过，由清华大学相关专家组成的考察团来到嘉兴，实地感受嘉兴得天独厚的区位优势，了解并研究与之配套的相关优惠政策和措施。2003年7月，浙江省科技厅在各地市科技局长会议上公布，清华长三角研究院将落户浙江；8月14日，时任清华大学校长顾秉林院士在浙江省科技厅厅长蒋泰维的陪同下，率清华大学代表团来嘉兴考察，时任嘉兴市人民政府市长陈德荣做了嘉兴市关于申办浙江清华长三角研究院的情况汇报，表示市委、市政府把引进清华长三角研究院作为依托清华优势，建设强市、实现跨越式发展的重大战略措施，将全力支持清华大学在嘉兴建设长三角研究院。

为加快清华长三角研究院落户嘉兴，嘉兴市政府以"申奥"的模式来申办，并在2003年7月18日，成立了以市长担任主任的清华长三角研究院申办工作委员会。申办工作委员会下设办公室，市政府办公室副秘书长担任办公室主任，市科技局局长和秀城区人民政府区长担任副主任。值得关注的是，也就在申办工作委员会成立的会议上，时任中共秀城区委书记赵树梅表态，要举全区之力引进清华长三角研究院，建设嘉兴科技城。至此，兴建嘉兴科技城与引进清华长三

角研究院形成了相互依赖、相互推动的关系。

此后的几个月里，清华长三角研究院筹办工作加速推进。2003年9月10—12日，清华长三角研究院申办工作委员会办公室人员一行赴京，访问清华大学及其相关企业的多位高层领导，建立了嘉兴与清华的连接沟通渠道；10月15日，清华大学代表团一行6人抵达杭州，与省科技厅就浙江省与清华大学校地合作共建浙江清华长三角研究院进行磋商，达成初步合作协议框架；10月16日，清华大学代表团一行在时任省科技厅厅长蒋泰维的陪同下，到嘉兴就浙江清华长三角研究院落户的有关事项，进一步与嘉兴方面进行了实质性洽谈，明确研究院是清华大学设在长三角区域的唯一一所研究院，总部设立在秀城区。

在对嘉兴市和秀城区的多轮考察和研究之后，2003年10月前后，清华大学基本确定把清华长三角研究院放在秀城区。考虑到嘉善和平湖的积极性，促进两地的科创事业发展，在把清华长三角研究院总部放在秀城区的同时，清华大学在嘉善和平湖分别设立了长三角研究院的

浙江清华长三角研究院

院区，同时在杭州设立办事机构。

与此同时，嘉兴科技城的筹备工作也在紧锣密鼓地进行中。

2003年9月30日，成立了以时任中共秀城区委书记赵树梅为顾问、秀城区人民政府区长魏建明为组长的嘉兴科学城筹建领导小组。同年10月10日，在嘉兴市委常委会议上，原则同意市政府提出的清华长三角研究院入驻和嘉兴科技城总体建设方案，指出要以争取清华长三角研究院入驻嘉兴为突破口，兴建嘉兴科技城，把嘉兴科技城建成高新技术产业转化基地、孵化基地和留学人员等的创业基地。同时要处理好科技城与研究院的关系，高标准地规划科技城。

嘉兴科技城由此开始浮出水面。

2003年11月27日，秀城区发展计划与统计局（秀计统〔2013〕454号）批复，同意实施浙江清华长三角研究院和嘉兴科技城管理委员会启动期办公用房装修工程项目。该项目位于嘉兴市中环南路富润路口石油大厦三至四层。由此，浙江清华长三角研究院和嘉兴科技城管理委员会的筹建工作有了运营场所。

2003年12月5日，嘉兴市委、市政府批准成立嘉兴科技城管理委员会；12月19日，秀城区人民政府批复，同意成立嘉兴科技城发展投资有限责任公司，由秀城区国资委投资组建，注册资本5000万元，负责嘉兴科技城开发建设和浙江清华长三角研究院的建设，并同意国资委授权嘉兴科技城管理委员会作为主管部门。

2003年12月19日，嘉兴市发展改革和计划委员会对嘉兴科技城基础设施一期工程立项批复，嘉兴科技城（核心区）建设规划范围为：东至王庙塘路、中环南路以南，西至三环东

嘉兴科技城管理委员会 ●

路，南至中南路，北至中环南路，面积330公顷。与此同时，也明确了浙江清华长三角研究院入驻嘉兴科技城后的土地使用总面积为2668平方米。

2003年12月31日，浙江省机构编制委员会对省科技厅上报的《关于要求批准成立浙江清华长三角研究院的请示》做出批复，同意设立浙江清华大学长三角研究院，且该机构为企业化管理的正厅级事业单位。

万事俱备，东风也已吹来。2003年12月31日，浙江省人民政府与清华大学共建浙江清华长三角研究院签约仪式在杭州黄龙饭店举行。时任中共浙江省委书记、省人大常委会主任习近平和清华大学党委书记陈希分别讲话。时任浙江省人民政府省长吕祖善和时任清华大学校长顾秉林院士在协议书上签字，并签署浙江清华长三角研究院建设备忘录。时任中共浙江省委副书记梁平波，时任中共浙江省委常委、秘书长张曦，时任浙江省人民政府副省长王永明、盛昌黎，时任清华大学副校长岑章志等出席签约仪式。

按照协议和备忘录，组建后的浙江清华长三角研究院实行理事会领导下的院长负责制，时任浙江省副省长王永明为理事长，时任清华大学副校长岑章志为常务副理事长，时任浙江

省科技厅厅长蒋泰维、时任嘉兴市市长陈德容为副理事长，时任清华大学副秘书长周海梦教授担任研究院院长。

由此，在嘉兴市和秀城区自主创新之路上，树立了一块无法忽略的里程碑，长三角区域的科技创新格局有了重大改变。

2005年4月10日，浙江清华长三角研究院揭牌暨总部大楼奠基仪式在嘉兴科技城举行。时任中共浙江省委书记、省人大常委会主任习近平，清华大学校长顾秉林为大楼揭牌。时任浙江省人民政府省长吕祖善，时任浙江省人民政府副省长茅临生及省直各有关部门负责人，时任清华大学党委常务副书记庄丽君，时任清华大学副校长岑章志及清华大学有关部门、院、系负责人，嘉兴市及有关县（市、区）领导，有关科研院所、高校、大型企业、部分世界500强企业的代表500余人出席仪式。

浙江清华长三角研究院总部大楼——创新大厦占地271600平方米，建筑面积近40万平方米，大厦高度为99.8米（不含深度为15米的三层地下室），为当时嘉兴市的最高建筑。

吕祖善在揭牌仪式上讲话，他强调浙江清华长三角研究院的实践充分证明，浙江提出的"引进大院名校，

共建创新载体"的战略是正确的。顾秉林院士对浙江清华长三角研究院建设取得的成绩颇为欣慰，他希望研究院在浙江省和长三角这块沃土上，为整个长三角地区经济社会的发展多做研究，多做贡献。

浙江清华长三角研究院总部大楼于 2008 年 12 月 22 日落成并投入使用。从总部大楼动工建设，到各项筹备工作的稳步推进，在短短的几年中，浙江清华长三角研究院在基础设施、机构设置、科研基地、人才队伍等建设方面已经基本完善，到 2013 年成为国内一流的科技创新、人才培养和高新技术产业化基地的发展目标正逐步实现。

何谓"首创精神"？就是开天辟地、敢为人先的首创精神，就是走别人没有走过的路，就是鼓足勇气，用足智慧，去做成不可能做成的事情。

浙江清华长三角研究院成立便是如今嘉兴科技城之肇始。是啊，有了一流的科技创新研究院，有了众多高科技企业，区域创新体系副中心的主平台和核心区的建立、"三生融合"现代科技城的崛起，还会远吗?!

■ 新的合作加盟，扩大核心平台

校地合作，集聚优势，创新驱动，高质量发展。18 年来，嘉兴科技城依托"科研＋产业"发展优势，围绕"微电子、智能装备、生物医药"三大主导产业，引进了一大批核心平台和创新创业载体，其发展路径和成果值得研究和借鉴。

浙江清华长三角研究院建立次年，即 2004 年，中国科学院嘉兴应用技术研究与转化中心（今为浙江中科院应用技术研究院）也落户于此，这无疑让嘉兴市政府再次鼓起了兴建嘉兴科技城的信心。其时，整个浙江省还没有一座以应用性研发和高技术成果转化为主要功能的科技城。按照"引进大院名校，共建创新载体"这一模式创建的科技园区，甚至在全国都鲜有样板，这更显得嘉兴科技城之不易。

2004年初，嘉兴市领导得知中国科学院已经有了利用浙江机制、体制的优势，在浙江某地联办一座材料研究所的设想。当时，这消息很快传开，省内各市都跃跃欲试，想把这座材料研究所引入本地。嘉兴市也做了这方面的努力。然而，2004年春节过后，中科院材料研究所确定落户宁波市。

虽然中科院材料研究所未落户嘉兴市，但是嘉兴与中科院的合作就此拉开了序幕。时任嘉兴市人民政府市长陈德荣说，引进中科院的研究所不一定要讲究一一对应，科技有一个溢出效应。研究所进来后，开发出新的产品，会带来一些新的产业，创造一批新的基地。科技部门可以开阔视野，广泛地引进科研院所。

2004年1月后，嘉兴科技城规划的出台和建设速度的加快，尤其是清华长三角研究院的成功入驻，让中科院主动加强与嘉兴的合作。在随后的几个月中，中科院副院长及以上领导和部分中科院研究所的领导，先后4次前来嘉兴科技城考察。

因为有了引进清华长三角研究院的经验，嘉兴在引进中科院研究所的过程中更加理性和成熟。在与中科院洽谈合作时，嘉兴也向对方提出了相关要求：一是研究所本身要有产业化的设想，对成果转化要有积极性；二是引入一些新的机制体制，如一些科研人员入股等。

就此，产生了闻名全国的嘉兴与中科院合作的"1＋9"模式。"1"就是中科院嘉兴应用技术研究与转化中心，这是一个协调与服务机构；"9"则是指9个研究所，即中科院理化技术研究所等9个研究所，这9个研究所是分中心，是各自拥有法人地位的实体。

其间，嘉兴市提出，投入2亿元资金，在嘉兴科技城投资建设占地面积为300亩的中科院研发基地。面对这片诚心，以及嘉兴科技城的明显优势，2004年4月底，中科院党组正式做出决定，在嘉兴市建立中科院工程中心。

同年，嘉兴科技城以"南湖之春"经贸活动为契机，主动赴北京和沈阳，与中科院广化所、微系金属所、微电子所、计算所、兰州物化所等多家研究所开展入驻洽谈，得到中科院多家研究所领导的积极响应。

2004年6月11日，时任嘉兴市人民政府市长陈德荣和时任秀城区人民政府区长魏建明等赴北京，向中科院做了专题汇报。中科院明确指出，中科院在嘉兴建立的工程中心将以成果的转化和产业化为主，立足为地方经济服务，将长期为嘉兴的高新技术产业培育发展和产业结构做出贡献。嘉兴市政府提出，工程中心建议命名为"中国科学院嘉兴应用技术研究与转化中心"，规划300亩用地（其中首期100亩），5年内提供不超过2亿元的硬件设施以及5000万元的补助资金。

2004年11月23日，中科院上海分院、嘉兴市人民政府、秀城区人民政府三方在世茂花园大酒店签订备忘录，同时，中科院与嘉兴市人民政府签订了共建中国科学院嘉兴应用技术研究与转化中心的协议书。至此，中科院在浙江省布局的全国首个平台型研究与转化中心，成功落户嘉兴科技城。

中国科学院嘉兴应用技术研究与转化中心自成立以来，取得显著成效，并于2011年2月升格为"浙江中科院应用技术研究院"，成为企业化管理的正厅级事业单位。

浙江中科院应用技术研究院充分发挥中国科学院院属研究所的科技创新优势，紧密围绕地方经济社会的科技需求，通过共建技术示范和孵化平台、共同部署实施项目、共同开展人才培养和人员培训等合作，加强需求牵引的技术创新与集成，加快科技成果转化和规模产业化，促进合作双方共同发展。

依托中国科学院强大的科研成果资源和人才技术优势，浙江中科院应用技术研究院利用嘉兴优越的区位和交通条件，发挥浙江的体制优势、资金优势、市场优势，构建转化平台，探索有效模式，加快中国科学院属研究所各类科技成果转化和规模产业化，立足嘉兴，服务浙江，辐射长三角，成为中国科学院重要的技术转移中心和成果转化基地，为地方高新技术产业的培育发展、产业结构的调整和人才培养做出重大贡献。

研究院已拥有电子通讯、物联网、新能源等多家研究所，CMA分析测试中心、绿色化工新材料技术创新服务平台、声信息感知和处理服务平台等多个省公共服务平台，吸引数百家企业为核心成员单位的3个省级产业创新联盟，中科院23家研究所入驻共建的24个工程中心。浙江中科院应用技术研究院已较好地实现

"产品研发—示范应用—规模产业化"的成果转化产业链，并以成效最大、合作项目和经费最多、人才等综合实力最强的优势连续多年荣获中国科学院授予的全国唯一的"院地合作一等奖"，相继被科技部评为"首批国家技术转移示范机构""国家科技计划火炬计划先进服务机构"。同时，依托中科院领军人才和技术成果转化，嘉兴科技城形成了中科院自主创业板块。

为什么要把原先的"中国科学院嘉兴应用技术研究与转化中心"改名为"浙江中科院应用技术研究院"（简称"浙江研究院"）？两者的区别究竟在哪里？浙江研究院党委书记、院长陈秋荣认为：一是浙江研究院从此成为独立法人，更便于运作；二是浙江研究院已从原先的中科院与嘉兴市合作，调整为中科院、浙江省和嘉兴市三方共建，在整个浙江省的影响力将会更大，运作机制也更灵活有效，如对设立在嘉兴科技城的工程中心和技术研究所进行深度规划和引导，聚集、整合技术优势和资源，从事集成性的创新工作还可申请中科院的创新集群项目。

2017年4月28日上午，由嘉兴市人民政府、上海大学、南湖区人民政府联合组建的上海大学（浙江·嘉

浙江中科院应用技术研究院

兴）新兴产业研究院在嘉兴科技城正式启动。这一新兴产业研究院的成立，是南湖区校地深化合作结出的又一硕果，也是推进嘉兴市打造全面接轨上海示范区的又一重要成果。

在上海大学（浙江·嘉兴）新兴产业研究院启动仪式上，上海大学校友活动中心和中韩产学研技术成果转移中心（嘉兴）同时揭牌成立，一批国内外知名科学家也在启动仪式上加盟研究院。这些知名科学家包括韩国科学院院士、高分子材料专家河昌植教授，瑞典皇家工程院院士、先进电池专家克里斯提娜教授，先进电池材料专家明承泽教授，国家青年千人计划入选者、纳米材料专家陈海军教授，国家杰出青年科学基金获得者、光电材料及器件专家张建华教授及一批国家优秀青年科学基金获得者和行业专家。这些专家将围绕新材料、智能科技、生态技术开展研发及产业化工作。

上海大学是国家"211工程"重点建设的综合性大学，有材料科学、机电工程、钢铁冶金等众多优势学科及一批高水平科研平台，在校地合作、

科技成果转化等方面走在高校前列。上海大学（浙江·嘉兴）新兴产业研究院院长施利毅介绍，研究院成立后，将集聚上海大学乃至国内外优质创新创业资源，结合嘉兴市产业转型升级需求，充分发挥多学科交叉及技术转移优势，高起点打造科技成果孵化器和产业化基地，推动产学研成果落地。重点以"低维纳米材料重点实验室""智能科技创新中心""先进电池国际联合实验室"3个研发平台建设为抓手，围绕新材料及应用技术、智能系统及应用开发、生态科技及应用集成三大主要方向，打造"新材、智能、生态"的研发及服务特色。

"上海大学的重点科研领域与嘉

上海大学（浙江·嘉兴）新兴产业研究院 ◀

兴科技城的产业布局高度契合。签约只是友好合作的开端，接下来，南湖区和嘉兴科技城将为研究院和产业项目的落地发展提供最优质的服务，营造最优越的环境，共同开创互利共赢的美好未来。"中共南湖区委书记朱苗认为，"这个从上海引进的科技创新平台，将成为南湖区承接上海大学产业园项目产业化及人才培养的基地，以此有效改变科技城创新产业格局，进一步激发创新活力。转型更替、创新开发、先发优势等词语，成为最能体现近年来嘉兴科技城探索和实践的关键词。"

2018年11月30日下午，一场特别的"相亲会"在上海大学（浙江·嘉兴）新兴产业研究院举行。以高端装备制造为主题，通过介绍研究院先进制造专题相关技术成果，孵化企业展示，上海大学（浙江·嘉兴）新兴产业研究院与嘉兴市10多家高端装备制造企业进行了面对面的思想碰撞、技术"相亲"，以推动产学研成果落地，助推地方民营经济高质量发展。

前沿的技术成果、实用的成果转化经验，立即引起了现场企业的兴趣。"汽车座椅轨道滑动，如何消除异响，这个问题一直困扰着我们，你们是如何处理的？"由上海大学孵化扶持，一路成长为上市企业的上海克

来机电自动化工程股份有限公司分享的案例中涉及汽车座椅，这引起了嘉兴敏惠汽车零部件有限公司相关人员的兴趣。双方便在现场热烈地交流起来，并约定将实地到克来公司参观。事实上，类似的与企业的专题对接会，前期上海大学（浙江·嘉兴）新兴产业研究院已经围绕数创空间举办过一场，并为相关企业寻找到合作方向，推动双方交流对接。

"结合南湖区'1341'新型产业体系建设，我们还将围绕'新材、智能、生态'三大主题，积极寻求合作路径，加速科技成果转移转化。"上海大学（浙江·嘉兴）新兴产业研究院常务副院长袁帅说，"研究院自成立以来，始终以科技创新驱动发展，集聚优质创新创业资源，充分发挥多学科交叉及技术转移优势，建成集核心技术研究、高新技术成果转化、企业孵化、战略性新兴产业培育和创新创业人才培养等于一体的双创平台和特色鲜明的校地合作科技成果转移转化示范基地。显然，这也是今后研究院的工作重点。"

事实上，自从浙江清华长三角研究院、浙江中科院应用技术研究院等科研单位相继入驻嘉兴科技城以后，在短短的几年时间里，经过各方努力，又有不少高等院校、科

研院所和高科技企业相继在此落户，规模不断扩大，科创层次不断提高，"引进大院名校，共建创新载体"的战略不断得以实施。正是因为有了越来越多的产学研合作新平台，嘉兴科技城的科创实力才得到了较快的增强，科创成果也愈加丰硕。

2014年7月18日下午，浙江大学圆正控股集团有限公司及关联单位与嘉兴科技城签订战略合作框架协议，同时，首批浙大创投公司参与的2个科创项目也签约落户嘉兴科技城。

浙江大学是浙江省产学研和成果产业化做得最好的高校。浙江大学圆正控股集团有限公司作为浙江大学资产管理、科技孵化、产学研联动的主平台，其与嘉兴科技城签订的战略合作框架协议，将带动浙江大学以及合作关联公司在南湖区深度合作和扩大投资，加快推进科技成果产业化。

嘉兴科技城管理委员会与浙江大学圆正控股集团有限公司、浙江大学创新技术研究院有限公司、浙江大学科技创业投资有限公司签订战略合作框架协议，发挥各自优势，打造产学研合作新平台，发展科技产业。浙大方可以将投资的项目引入园区，同时也积极关注和嘉兴科技城的创业企业和产业化项目；嘉兴科技城则可以为浙大产业化项目提供发展空间和优惠政策，也为浙大方提

供优秀的可以投资的项目和资源。双方的合作将有力地推动嘉兴市与浙江大学的合作再上新台阶，打造嘉兴科技城新一轮发展的"浙大板块"。

2019年4月，由图灵奖获得者惠特菲尔德·迪菲（Whitfield Diffie）院士及其团队联合嘉兴市、浙江清华长三角研究院和嘉兴科技城发起的嘉兴区块链技术研究院成立。它的成立，使嘉兴科技城又多了一个与世界完全接轨的科创新平台。

嘉兴区块链技术研究院在成立后的几年中，已先后设立网络安全研发中心、云计算研发中心、金融创新中心等五大中心，积极推动区块链技术赋能网络安全、人工智能、云计算、金融创新等领域，加快开展区块链课程培训和人才培养；成功运用于近20个项目，如全省人才服务云平台、公务员职业生涯全周期"一件事"管理服务平台等。

"嘉兴科技城是浙江省校合作、校地合作的产物。这些高端创新载体的落户和聚集，为我们插上了起飞的翅膀。"嘉兴科技城党工委副书记、管委会副主任曹建弟介绍说，"这18年来，嘉兴科技城依托'科研＋产业'发展优势，以科技服务业为支撑，围绕'微电子、智能装备、生物医药'三大主导产业，已经引进了浙

江清华长三角研究院、浙江中科院应用技术研究院、浙江清华柔性电子技术研究院、浙江未来技术研究院、上海大学（浙江·嘉兴）新兴产业研究院、嘉兴区块链技术研究院、南湖海创园、浙大南湖求是驿站、嘉兴青云加速器等核心平台和创新创业载体，初步建成了'2+X'科创平台体系。"

校地合作，集聚优势，创新驱动，高质量发展。当发展态势迫切需要闯出一条属于自己的路，当激烈的竞争已处于白热化，敢为人先、大胆创新已是唯一选择。嘉兴科技城走出了一条省校合作、校地合作的新路子，大力培育新兴产业，建设科技创新平台，其发展路径和成果值得研究和借鉴。

三 白纸上出现一幅最新最美的图画

筚路蓝缕，以启山林；敢为人先，砥砺前行。经过不懈努力，平台建设基本成链，人才集聚走在前列，产业培育成效明显，经济指标连年倍增，嘉兴科技城的建设取得了丰硕成果，如同一颗璀璨明珠，闪耀在南湖之畔。

"嘉兴科技城自 2003 年设立伊始，做的就不是锦上添花的工程，而是新的产业，从无到有，从小到大。"等到嘉兴科技城已经粗具规模，每每遇到前来考察的各方人士，孙旭阳总是这样说："我们只想认真地做科技成果研发和孵化，绝不挂羊头卖狗肉，不以招商赚钱为目的，而以孵化企业、培育企业为主。"

的确，嘉兴科技城建立之前，今

南湖区一带也出现过一些开发区和工业园区，香精香料、特钢制造、汽配机电等产业发展较快。2002 年 3 月，嘉兴工业园区设立（2006 年 4 月 17 日经国家发改委审核认定为省级开发区）；嘉兴国家农业科技园区是 2001 年国家科技部批准的首批 21 个国家农业科技园区之一。但从整体上说，除了嘉兴市中华化工有限责任公司等较大型的企业，这些园区的实际开发面积、引进企业数还不够多，且大多集中在大桥、东栅、凤桥等集镇附近。现今嘉兴科技城核心区这片热气腾腾的土地，当时却十分偏僻冷寂。

"那时，嘉兴城市建成区尚小，今南湖区的大部分区域还是乡村。市民一般把三环东路以西叫作城市，以东那就是乡村了，当年只有一座建材市场城和一座汽车商贸城醒目地矗立着。不能叫作荒无人烟，至少是一片田园风光，与城市应有的设施形貌完全不一致。"孙旭阳说，"白手起家，需要在白纸上画出一幅最新最美的画，这个说法应该是真实的。"

也正是这些原因，刚落户嘉兴科技城时浙江清华长三角研究院不得不克服种种困难，艰苦创业。

周海梦，浙江宁波人，清华大学副秘书长，1970年毕业于清华大学工程化学系，1986—1988年在美国哈佛大学医学院从事博士后研究，曾任清华大学生物科学与技术系主任，清华大学理学院常务副院长等职。曾获国家自然科学一等奖1项、国家自然科学二等奖1项，为业界著名专家。自浙江清华长三角研究院成立后，他担任首任院长。2004年新年伊始，年届58岁的他就迫不及待地带领一支会集清华大学等国内外高等院校精英的研究团队来到南湖畔，开始了白手起家、艰苦创业的历程。

周海梦教授总是在积极地努力着。他认为，研究院要办起来，成果要孵化，人才是最重要的因素之一。他利用自己的资源和影响力，到处宣传浙江清华长三角研究院和嘉兴科技城的优点和潜力，广揽各路精英，尤其是科创紧缺人才。

一个全新的研究院，无论是科研办公的硬件设施，还是科研的人文氛围，都难以和清华本部相提并论，且又是地处浙江的一座地级市，方方面面都难以吸引人才、留住人才。周海梦硬是凭着多年从事科研工作的慧眼，从海内外的科研队伍里甄别一匹又一匹千里马，本着三顾茅庐的精神，亲自上门，与他"相中"的每一位人才深入交谈，竭力展望浙江清华长三角研究院和嘉兴科技城的发展前景，终以真诚、执着，打动了一位位国内外高科技领军人才前来加盟。

沈华，浙江海宁人，美国耶鲁大学硕士、美国麻省理工学院博士。离开美国来到嘉兴科技城创业前，沈华以及与他一起回国创业的伙伴们，都有着良好的教育背景、顺利的工作经历、优厚的薪资待遇以及美好的未来。但他们放弃了一切，决定回国创业。原来，2003、2004年，因为业务关系，沈华几乎每两个月就有机会回到国内市场做调查。他发现国外生产的模块在中国处于绝对的垄断地位，即便是国内数一数二的大厂商，也曾遭受过"断粮"之苦。比如，国内某厂商使用某型号IGBT（绝缘栅双极型功率晶体管）模块生产变频器，后来该国外模块厂商以其型号老旧为由停止了模块供应，导致该国内厂商停产。这件事让沈华大受刺激，也坚定了他回国开发中国自己焊机"芯"的信心。

2005年，在美国从事近10年芯片技术研发工作的他毅然辞职，带着20多项专利技术回国创业，在故乡的嘉兴科技城投资2亿多元，创办了斯达半导体有限公司。"老外除了资金实力大于我们，其他方面并不占据优势。"这是沈华常说的一句话。在他看来，人才、技术、产品，"斯达半导体"各方面都不输国外同类产品。短短几年时间，"斯达半导体"已成为国内唯一具有研发、设计和生产半导体模块能力的高科技企业，开启了焊机"芯"中国制造大门。

常东亮是化学、生物学"双料"学者，毕业于瑞士苏黎世联邦理工学院，校友名单中甚至有包括爱因斯坦在内的20多名诺贝尔奖得主。中国科学院嘉兴应用技术研究与转化中心成立后，常东亮来到这片建设中的热土，担任中科院嘉兴应用技术研究与转化中心应用化学分中心主任，带领着自己的团队，联合嘉兴及周边的企业，承担了省科技厅和嘉兴市内的多个项目，其中一个即是南湖区化工产业清洁化生产的项目。他从南湖区化工园区的循环经济规划入手，通过政府推进、扶持大企业，最终形成一个产值过百亿元的化工园区。

清华大学生物系博士、美国爱因斯坦医学院博士后孟凡国，举家落户嘉兴，参与建设浙江清华长三角研究院，搞项目投资，将技术产业化。他后来曾担任浙江清华长三角研究院院长助理、长三角海创俱乐部（嘉兴）理事长等职务。

嘉兴科技城的引智作用还引起了浙江省人民政府咨询委员会的注意。2009年7月，咨询委员蓝蔚青专门撰写了《进一步发挥嘉兴科技城引进智力作用的建议》，时任中共浙江省委书记赵洪祝就这一建议专门做出批示。这座持续供应想法和人才的"城"，无论是项目的产业化前景还是成长性特质，已毋庸置疑地获得了更多的首肯。

一批批创业者、创业团队不断投奔而来，嘉兴科技城"仿硅谷模式"亦功不可没。嘉兴科技城以引导性投入和项目补助的形式，参与和推动科研成果的转化，以给科研人员赠股、配股等形式实现对科研人员的股权激励，而科研人员以现金出资，即为创业者"自费"创业，体现对项目的信心和把握。

正是这种务实精神和真诚态度，打动了无数创业创新者带着项目奔向嘉兴科技城。从2003年12月引进第一个项目之后，经过6年多的发展，嘉兴科技城已初步形成通讯电子及物联网、软件和数据服务、新材料、新能源及生物医药等多个产业平台。

在嘉兴科技城初创之时，关于科技城该如何定位这一点，秀城区（后为南湖区）和嘉兴科技城始终有着明晰的思路。

嘉兴科技城从一开始就定位为一种崭新的"嘉兴模式"：作为一个科技资源的集聚平台，嘉兴科技城瞄准的是日本筑波科学城、台湾工业研究院和美国硅谷，嘉兴科技城要达成的是科技、产业化和资本"三合一"的理想模式。

这一"嘉兴模式"，可以从3个方面加以概括。一是地方政府的远见和全力支持。初创期的6年多时间，嘉兴市人民政府对科技城的基础设施建设投入了大量资金，另外还在人才政策和交通、住宿等方面提供了一系列生活配套设施。二是研究所研发人员理念上的协同与更新。从以前的纸上谈兵式项目说明书到转移给企业一整套技术和成果，从实验室"99％的失败、1％的成功"做到生产产品过程中"99％的成功、1％的失败"，核心科研人员以现金入股，以与企业共生共荣。三是地方经济的需求与企业的紧密合作。以中国科学院嘉兴应用技术研究与转化中心为例，仅2009年1年，就有63个科技项目分别在59家合作企业中转化，新增项目转化实现产值14.87亿元，同比增长159％，并通过技术扩散和技术服务带动当地新增产值逾55亿元。

"准确地讲，嘉兴科技城应该是'四像，四不像'，像园区，更像孵化器，但又和传统孵化机构不同，而是在更宽、更广的平台上实施战略。嘉兴科技城也不是传统的开发区，比如土地开发方式与园区运作模式不同。定位为一个大型的创新平台和孵化器，这应该是准确的。"孙旭阳认为，不以招商为主，而是以培育和孵化新公司和新企业为主要使命，注重初创型企业，给予它们最大的支持。在嘉兴科技城创办之始，这一定位是正确的。

"Intel来我都不care。"孙旭阳这句半开玩笑的话，强调的正是一心一意地支持创业的坚定。

与此同时，嘉兴科技城与其他园区的一个很大区别是，嘉兴科技城是按照城市的形态来构造的。按照综合的概念，既像园区，又像孵化器，也像大学，将居住、生活、商业等融于一体。按照园区的方式运作，与土地开发相结合，商业住宅和各类配套设施也是不可缺少的，"三生融合"的概念早已明确。

"创办之初，建设嘉兴科技城初步预算，5—10年内仅基础设施建设就得投资9亿元。这也意味着我们的前期只有投入，长远效益的产出还需要耐心培育。但当时我们是这样考虑的：一是嘉兴中心城市的发展需要科技城这么一个载体，如果没有自己的特色，中心城市的凝聚力很难增强；二是省委、省政府提出了打造杭州湾经济集聚地的概念，嘉兴作为其中一部分，拿什么来支撑？三是大院名校的引进带来的不仅是经济效益，还有更多的综合社会效益。引进名校大院也是在修筑聚集人才的平台，对嘉兴企业自主创新能力的增强是一个极好的促进，可以改造提升嘉兴传统产业，推动嘉兴新兴产业发展。"时任中共秀城区委书记赵树梅回忆。在全力办好嘉兴科技城的起始期，一个极其现实的考虑是，2000年南湖区按实运作后，区委、区政府一直在思考如

何利用自身所拥有的潜在后发优势，通过打造南湖区的个性，与其他县（市、区）开展错位竞争。

逐步显现的成果证明了这一点。正是探索地行走在独有的科创发展道路上，初创期之后，嘉兴科技城的发展壮大十分迅速，创新辐射和带动作用逐渐显现。虽然嘉兴科技城本身的面积并不太大，但其所能发挥的动力和支撑效应却是不可估量的。所谓"近水楼台先得月"，嘉兴科技城的发展，南湖区最先受益。以南湖区通讯产业为例，从2006年的7亿元产值，即上升为2007年的17亿元，2008年又达到了30多亿元。快速发展的产业更给嘉兴科技城带来"真金白银"。截至2010年上半年，嘉兴科技城税收、产值、引进内外资等数据全面飘红。规上企业总产值同比增长194%，一般预算收入、引进市外内资等指标都比上一年有两倍以上的增长。

南湖区这块仅3.65平方千米的土地，成为嘉兴科技城的核心区块。从起步那一天起，嘉兴科技城就设置了"高起点规划、高品位建设、高水平集聚"的原则和宗旨。而这，显然也是敢想敢为、敢立潮头的行动体现。

"前面虽没有榜样，后面却有追兵，因为当时各地重视科技创新的势头已经很猛，如果你不走在别人前

面，随时会被追上。在这样的情况下，'创新'或者说'首创'，就是我们的法宝。"时任嘉兴科技城管理委员副调研员周永强说，"创新研发、创业孵化、产业培育、科技服务以及城市综合配套，是最初明确的科技城5个定位。这5个定位是环环紧扣的：从产品研发成功到孵化出小企业，培育出产业，再由科技服务加以配套，由城市生活来保障科技城的创新创业人员，这个完整的圆环所借助的最大的力，便是科技创新之力。"

是的，尽管嘉兴地处长三角核心区域，距上海、杭州、南京、苏州等经济发达城市都只有咫尺之遥，但在项目、人才、生产资源方面，承受着其他地区所没有的、近乎残酷的竞争压力。优势与劣势往往是相克相生的。励精图治、迎难而上，嘉兴科技城始终高擎解放思想、创新为先的旗帜，正视自身之不足，着力破解发展中的难题，贯穿于嘉兴科技城兴建和发展的全过程。尤其是在初创期，补短板的过程，正是不断壮大的过程。

依靠机制创新，才能有效补上短板。以市场需求为导向，以产权为纽带，以项目为依托，嘉兴科技城逐步成形，已建立起集研发、孵化、转化、产业化于一体的运作机制，以及

有利于落实知识产权、技术和管理要素参与创新收益分配的激励机制，从而形成了多种要素资源协调参与、风险共担、利益共享的发展机制。

经过不懈的努力，嘉兴科技城的建设取得了丰硕成果，如同一颗璀璨明珠，闪耀在南湖之畔：平台建设基本成链、人才集聚走在前列，产业培育成效明显，经济指标连年倍增，技工贸总产出、财政总收入分别从2006年的2600万元、99万元增长到2014年的133亿元、2.8亿元，年均增速分别是118.08%、102.51%，连续4年实现建成区年亩均产出超1000万元、亩均税收超50万元的北京中关村水平。

也就在这一天，2014年5月11日，在浙江清华长三角研究院成立10周年之际，习近平总书记对嘉兴科技城"院地合作"的做法和经验予以批示肯定，浙江省委办公厅、省政府办公厅还下发了《贯彻落实习总书记批示精神深化"院地合作"的若干意见》，省人代会政府工作报告将嘉兴科技城纳入了全省四大科技创新平台之一。2015年4月28日，时任国务院副总理刘延东对嘉兴科技城"着眼区域经济转型升级，打造创新高地"的做法和经验予以批示肯定。

筚路蓝缕，以启山林；敢为人

浙江清华长三角研究院 10 年来的探索实践证明，省校合作是优化科技资源配置、促进科技成果转化、实现科技与经济融合的有效模式。希望总结经验，再接再厉，不断巩固省校合作成果，全面深化科技体制改革，努力把长三角研究院建设成为具有先进水平的新型创新载体，为推动区域创新体系建设作出更大的贡献。

习近平

2014 年 5 月 11 日

2014 年 5 月 11 日，"省校合作"模式获得习近平总书记批示肯定

先，砥砺前行。回首嘉兴科技城 18 年的创业创新历程，从一张白纸，到画出了最新最美的图画，再到即将缔造更为炫目的辉煌，其间已有多少感人的故事，又将涌现何等动人的传奇！

第二章

扩容升级，让科技城更具实力

> 　　扩容升级，进一步明晰科创产业方向，嘉兴科技城集聚高新技术产业的"大树效应"愈加明显。
>
> 　　建立一批实力型科创平台和创新创业载体，"2＋X"创新平台体系更加完善。
>
> 　　狠抓高质量投资，加大重大项目推进力度，加快项目开工、竣工，尽快形成新的产能，推动经济发展跃升至新的台阶。

一　区域面积扩大，更重要的是升级

　　区域面积扩大了7倍余，在科创层级上实现了升级，发展能级将得到极大提升，"双核"引领发展，"六园"蓬勃发展。一切都标志着，作为浙江省四大科技创新平台之一的嘉兴科技城将迎来一个加速发展的春天。

　　2015年12月，嘉兴市委、市政府正式发文批复同意嘉兴科技城扩容升级，并上报省政府。同年年底，浙江省人民政府发文批复同意嘉兴科技城扩容升级。科技城区域面积由3.65平方千米扩容至29.5平方千米，面积扩大了7倍余，包括原嘉兴科技城、嘉兴工业园区（大桥镇）西区南区、余新曹庄集镇、湘家荡平湖塘以北部分区域，而其规划范围更是扩大为：西起三环东路；南至沪杭铁路客运专线、07省道；东至外环河、规划永业路、七沈公路；北至规划甪里街、里华路。实际管理区域还包括大桥镇全域，总面积约98平方千米。批复还同意，嘉兴科技城管理委员会作为主管嘉兴科技城开发建设和管理的嘉兴市委、市政府派出机构，与南湖区委、区政府实行"两块牌子、一套班子"模式。

也是在同一个月，嘉兴科技城又被认定为浙江省高新技术产业园。这表明，嘉兴科技城不仅大大扩大了区域范围，更重要的是在层级上、科创水平上实现了升级。由此，嘉兴市委、市政府又配套出台了若干发展意见，全力支持嘉兴科技城加快发展。

2016年4月23日，嘉兴科技城召开建设推进会，按下了扩容升级快进键。这标志着，作为浙江省四大科技创新平台之一的嘉兴科技城将迎来一个加速发展的春天。

"这次扩容升级，对嘉兴科技城来说将是一个千载难逢的好机遇。"时任嘉兴科技城管理委员会常务副主任童伟强认为。长久以来，空间问题一直成为制约嘉兴科技城发展的一大瓶颈，而扩容升级后，嘉兴科技城有了相对宽裕的空间。

业内人士指出，在长三角一体化加快发展的关键期，顺应共建共享区域创新体系的沪嘉杭G60科创走廊之战略，扩容升级后的嘉兴科技城能级将得到极大提升，更加有利于推动高端创新要素与民营资本的全面对接、融合，满足嘉兴经济转型升级对科技的迫切需求。这对于嘉兴接轨上海，承接上海的辐射与带动等方面，都具有重大战略意义。

数据显示，2015年嘉兴科技城实

浙江省科学技术厅
浙江省发展和改革委员会 文件

浙科函高〔2015〕118号

浙江省科学技术厅 浙江省发展和改革委员会
关于同意创建嘉兴南湖高新技术产业园区的复函

嘉兴市人民政府：

省政府办公厅转来的你市《关于嘉兴科技城申报省级高新技术产业园区的请示》（嘉政〔2015〕67号）收悉。根据省政府《关于开展创建省级高新技术产业园区工作的通知》（浙政发〔2012〕94号）要求，经省政府同意，现将有关意见函复如下：

一、同意你市创建嘉兴南湖高新技术产业园区，定名为嘉兴南湖高新技术产业园区，享受现有省级高新技术产业园区政策。

二、嘉兴南湖高新技术产业园区四至范围：东至外环河、规划永业路、七沈公路，南至沪杭铁路客运专线、07省道，西至三

2015年12月，浙江省科技厅、浙江省发展和改革委员会批复创建嘉兴南湖高新技术产业园

现技工贸总收入175亿元，规上工业总产值113.69亿元，财政总收入2.84亿元。作为全省四大科技创新平台之一，此时嘉兴科技城的扩容升级意味着什么？意味着嘉兴科技城在更大的平台上迈步再出发，将全力以赴抓好平台建设、产业转型、"双招双引"、科技创新等重点工作，担负起守护好嘉兴市实施科技创新的主阵地、主战场的重任；意味着嘉兴科技城将按照建设"省校（院地）合作示范区、接轨上海先行区、科技改革试验区、成果转化孵化区、信息经济集聚区"的发展定

位，聚焦创业创新这个主题，打造成浙江省一流科技创新平台；意味着地处上海和杭州"两核"中间的嘉兴之东部，将矗立起一座生产、生活、生态"三生"融合的产业新城，奋勇走向接轨上海和杭州时代潮流的最前沿。

扩容升级后，嘉兴科技城的发展重点是哪些？

此时，浙江清华长三角研究院和浙江中科院应用技术研究院在科技引擎作用的发挥上，已经收到了较好的成效。发挥好"两院"平台的作用，依然是嘉兴科技城重中之重的工作。扩容升级后，嘉兴科技城将加快浙江清华长三角研究院产业园、浙江中科院应用技术研究院三期南区等院区建设，努力打造创新创业资源的富集区域，更好地发挥"两院"对区域经济发展和高新技术产业培育的支撑和辐射作用。

根据扩容升级后的规划，嘉兴科技城以科技服务业为发展先导，大力发展科技研发、科技金融、科技检测、科技中介、科技教育和文化，把嘉兴科技城打造成现代科技服务业基地。突出信息技术和高端装备制造两大主导产业，大力发展通信与互联网技术、集成电路与装备电子、大数据与云计算、电子商务与网络安全等高新技术产业，打造更具竞争力的高新技术产业发展体系，形成科技工业与科技服务业并驾齐驱、协调发展的态势。同时，不断完善科技创业孵化培育体系，加快科技创新成果向现实生产力的转化，打造"众创空间"的嘉兴模式。

至此，嘉兴科技城已逐步形成以浙江清华长三角研究院、浙江中科院应用技术研究院为龙头，软件园、通讯园、芯片园、材料园、生物园、孵化园蓬勃发展的"双核六园"格局。在嘉兴科技城的效应带动下，南湖区培育集聚创新型企业 500 多家，全区 R&D 经费支出比重、高新技术企业和科技型企业占规模以上工业企业比重三项指标，均列全嘉兴第一，并在浙江省位居前列。

"双核"，指的是浙江清华长三角研究院和浙江中科院应用技术研究院这两个科创龙头单位，它是嘉兴科技城发展壮大的驱动之核。

作为浙江"引进大院名校，共建创新载体"战略的先行者，10 多年来，浙江清华长三角研究院通过创新发展模式、引进海内外人才、布局全省科研战略等措施，有效破解了科研与市场的对接难题，成为省校合作的典范、产学研合作的样板。

"我们研究院首创了'政、产、学、研、金、介、用'七位一体协同创新发展模式，在人才聚集、成果转化、精准服务企业等方面取得了积极成效。"浙江清华长三角研究院副院长冯叶成介绍说，"至2020年底，浙江清华长三角研究院已设立50多个创新研发平台，建成了9家国家级、省级重点研发平台，27家国家级、省级创新创业孵化平台，累计为浙江引进培育超过800位海外高层次人才，孵化高科技企业2500余家，承担纵横向科技项目总计800余项。"

2019年底，在中央印发的《长江三角洲区域一体化发展规划纲要》里，浙江清华长三角研究院是唯一被写入规划纲要的创新平台，研究院率先提出的打造G60科创走廊的构想也被写入了规划纲要。

而在谈到科创成果孵化这一课题时，中共嘉兴市委副书记、浙江清华长三角研究院党委书记、院长王涛说，为了加速这一成果转化进程，研究院已探索建立多层次科技投融资体系，对大批海内外科技项目辅以"选种""育苗""移植""助长"等一体化服务。"重在面向企业和市场进行研发，鼓励实验室和科研人员承接高难度的科研项目，帮助企业解决技术难题，积极实现创新孵化平台与企业的良性互动。我们认为，只有顺利实现科技成果的市场化和产业化，科技创新成果才有研发的意义。"

为了扩大科技成果转化规模，从2017年起，浙江清华长三角研究院就着手该院产业园的规划设计和逐步成形。这个占地面积近300亩的产业园，瞄准高端装备制造业，将主要承担起科研成果产业化的重任，并将通过能级的提升、创新体系的建立和各种配套设施的完善，加速这一进程。正因如此，产业园甫一动工，生产海洋军工产品的泰豪公司研发中心便要求落户，从事航天员体能测试装备的柔性电子公司也随之跟上，拥有智能机器人等一批高新技术项目的企业也纷纷要求入园。与此同时，研究院还充分发挥桥梁纽带作用，推进平台衍生，进一步完善集创新研发、创业孵化、产业发展、科技服务、对外交流合作于一体的平台体系。

历经发展、蜕变和成长，如今的浙江清华长三角研究院已形成了以嘉兴总部院区为主体，宁波、杭州院区为两翼的"一主两翼"发展格局，成为省校合作共建创新载体的一个标杆、一面旗帜。一是探索形成了"政、产、学、研、金、介、用"七位一体协同创新发展的新模式。经过持续探索，研究院在实践中逐步建立起以政府为支撑、以大学为依托、以应用研究为基础、以满足市场需求为根本目标、金融和中介机构充分参与并协同配合、实行企业化运作的"政、产、学、研、金、介、用"七位一体的开放式创新体系，为深化科技体制改革、全面实施

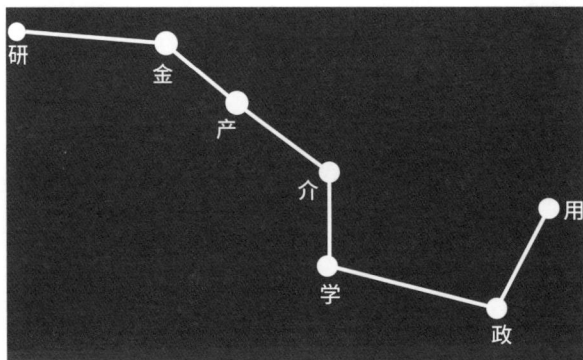

"北斗七星"论

创新驱动发展战略，破解科技创新面临的"四不"难题，提供了一种有益的新思路、新经验。二是创新驱动发展的引擎作用日益突出。研究院以服从和服务国家和浙江创新战略为目标，依托清华大学，主持承担了一大批国家和省部级重大科技项目，获得各类科技奖励百余项，其中既有面向世界科技前沿、瞄准国际尖端技术取得突破的关键共性技术，也有直接走向田间地头、工矿企业，服务"三农"、服务企业转型升级的接地气的项目。三是技术成果市场化步伐明显加快。研究院始终坚持面向市场、聚焦产业，以体制机制改革为动力，在加强协同创新，加快成果转化方面大胆探索，先行先试：一方面通过建立"由产业立项"的创新研发机制，增强科技研究面向市场需求的内生动力；另一方面，突出在产业发展中打造基于科研优势的核心竞争力，"扶上马，送一程"，

全程引导和参与高技术成果转化。四是集聚海外高层次人才的独特优势愈加彰显。连续成功举办"海外清华学子浙江行"活动，通过建立国际孵化器、设立"人才驿站"、打造集"选种""育秧""移植""助长"于一体的人才项目工作链，精准招才引智。如2008年，研究院促成清华大学重大科技成果产业化项目——亚洲最大的丁基橡胶生产基地落户嘉兴乍浦经济开发区。此举打破了欧美国家在该行业的长期垄断，项目三期建成投产后，形成了32万吨产能，约占全球份额的1/3。

浙江中科院应用技术研究院依托中国科学院强大的科研成果资源和人才技术优势，利用嘉兴优越的区位和交通条件，发挥浙江的体制优势、资金优势、市场优势，构建转化平台，探索有效模式，加快中国科学院属研究所各类科技成果转化和规模产业化，立足嘉兴，服务浙江，辐射长三角，成为中国科学院重要的技术转移中心和成果转化基地，为地方高新技术产业的培育发展、产业结构的调整和人才培养做出重大贡献。

2020年8月，浙江省发展和改革委员会公布了2020年省级双创示范基地名单，其中中国科学院浙江应用技术研究院被认定为省级双创示范基地，成为南湖区第三个省级双创示范基地。

如今的中科院浙江应用技术研究院已初步形成以人才创业项目为核心，以科技创新、科技金融、创业孵化和公共服务四大平台为支撑的"双创新"模式。其"自主创新＋自主创业"的科技创新模式推动了中国科学院一批科技成果的转化，孵化的化学数据和交易平台 Mobei.com 于 2019 年 12 月 30 日在美国纳斯达克上市。

为进一步推进中科院浙江应用技术研究院科技成果的转移、转化和产业化，在中国科学院上海分院的领导下，研究院启动并实施了"科技成果转化与赋权专项行动"，包括筛选具有产业化潜力的科技成果、实施科技型企业（家庭）培育计划、建立科技成果转化与评价中心、促进科技成果产业化落地等一系列组合举措。"科技成果转化与赋权专项行动"旨在通过投资核心项目、定制关键技术、成立合资企业、建立联合实验室、并购对接项目、建设科技成果转化基地等方式，将科学家的核心技术（项目）、企业家的成熟市场渠道和投资者的雄厚资本深度融合，为科技成果转化和科研人员创新创业提供全方位服务。

"双核"引领发展，"六园"蓬勃发展。自筹建以来，嘉兴科技城不断"筑巢引凤"搭建创新平台，各个科创园区相继建设，并形成"六园"齐头并进发展的格局。

一是软件园。该园区成立于 2006 年 8 月，规划面积 230 亩，一期 2 万平方米已投入使用，重点发展软件和数据服务、软件外包、云计算和云服务等产业，2012 年成为浙江省服务外包示范园区，先后被认定为"浙江省软件产业基地""长三角紧缺人才培训基地"。长河网络、安尚云信、佳士友等成长性好、开发能力强的软件研发企业先后入驻。同时，软件园引进了以中航信央企共用数据中心和泰格医疗为代表的软件数据服务企业，在省内抢先布局大数据产业。

二是通讯园。该园区重点发展移动通信、无线终端、物联网等产业，先后被列为浙江省通讯产业（嘉兴）基地、国家无线通信高新技术产业化基地，孵化培育了新力光电、华贵电子等智能终端配套企业，万科思、西谷数字等智能家居示范企业，目前已形成了以闻泰通讯等为龙头的无线终端产业。

三是芯片园。该园区重点发展产业用芯片、芯片测试和公共服务等产业，孵化了禾润电子、赢视科技等在集成电路设计及安全类芯片领域有特色的企业；培育了国内首个量产 IGBT 功率半导体模块的产业化项目斯达半导体，大力推动了 IGBT 模块在通用变频、电焊机、新能源汽车风力发电机等领域的应用，产量始终保持国内品牌第一。

四是装备园。该园区重点发展智能装备集成、微电子装备及新能源装备，2014年被列为浙江省装备电子产业基地，孵化了谱创仪器等智能设备制造企业，昱能科技、科民电子等新能源装备企业，华嵚机电等具有精密数控装备研发生产能力的企业，其研制的数控机床高精密度直线电机填补国内空白，获得国家重大技术装备首台（套）认定。

五是生物园。该园区重点发展医药研发外包、医疗器械、医学信息、诊断试剂等产业，孵化了雅康博、行健生物等一批具有自主知识产权的核心技术试剂企业；培育了凯实生物等兼具医药研发外包能力及自动化检验

仪器研发制造的生物医药类企业；引进了张江最具代表性的留学生创业企业微创医疗器械有限公司，2004年在香港上市，在嘉兴建设了心脏支架项目基地。

六是材料园。该园区重点发展薄膜半导体纳米材料、镁合金型材料等领域。孵化了行家光电、奥昱新材料等一批海归团队创立，拥有核心技术、产业化前景广阔的企业；培育了德汇电子、中易碳素、中科亚美等一批技术领先、发展迅速的功能性材料企业。

"双核六园"格局的形成，像是播下一颗颗蕴含希望的"种子"，在嘉兴科技城这片肥沃的土地上生根、发芽、长大，终将聚成一片枝繁叶茂、生机勃勃的森林。

二 坚持姓"科"理念，集聚一流双创平台

全面加快创新载体建设、创新要素集聚、高新技术产业集群，大力实施创新驱动战略，加快集聚一流创新要素、营造一流创新环境、实现一流创新产出，"双创"平台能级和创新实力大幅提升，高质量发展的基础得到进一步夯实。

2021年5月21日，2021"南湖之春"第三届国际经贸洽谈会隆重举

行，嘉兴科技城双招双引工作加快迎来"收获期"，共计签约项目19个，

含人才项目6个。其中，外资项目7个，总投资约3亿美元；内资项目12个，总投资逾25亿元，交出了一份高质量发展的高分答卷。

近年来，嘉兴科技城招商引资工作紧紧围绕"微电子、智能装备、生物医药"三大主导产业，坚持"内优环境，搭建招商平台；外聚人脉，拓宽引资渠道"的招商思路，大力实施资源招商、产业链招商、以商招商、精准招商；进一步盘活现有资源，在引入资金和项目的同时吸引高精尖人才。2021年1至4月，嘉兴科技城累计引进总投资超亿美元项目2个、世界500强企业1家、全球行业龙头企业项目2个，培育本土跨国企业1家，累计完成新增工业用地备案投资额44.6亿元，完成新增亿元以上备案项目13个，均提前完成全年指标任务。

2017年9月，嘉兴科技城荣膺国家双创示范基地称号，成为嘉兴市唯一、全省第二个国家级"双创"示范基地。2018年7月，浙江清华长三角研究院也荣列省级双创示范基地。此外，国家检验检测集聚区挂牌运营；荣获国家互联网产业国际创新园、浙江省小微企业集聚发展"十大优秀平台"称号，入选首批省级产业创新综合体，云创小镇在省特色小镇培育和建设中成绩优异……嘉兴科技城的

"双创"平台建设真可谓硕果累累。

2020年11月，2019年度浙江省高新区评价结果公布，嘉兴科技城（嘉兴南湖高新技术产业园区）在全省43家参评高新区中列第五位，综合得分列省级创建高新区第一名。随后，浙江省科技领导小组办公室通报表扬的10个取得明显成效高新技术产业园区名单中，嘉兴科技城（嘉兴南湖高新技术产业园区）榜上有名。

以建设成为G60科创走廊上的科创示范区为目标，嘉兴科技城全面加快创新载体建设、创新要素集聚、高新技术产业集群，在高新区建设获得浙江省委、省政府表扬的基础上再接再厉，通过加快新旧平台转换，焕发区域发展新生力量。

在引进和培育"双创"载体方面，嘉兴科技城可谓"百花齐放""各显神通"，逐步形成了"清华系""中科系"与本地"禾商系"携手创新创业的良好局面。"清华系"指的是由浙江清华长三角研究院领头的"双创"平台及下属平台和孵化器，包括浙江清华柔性电子技术研究院、浙江未来技术研究院、嘉兴区块链技术研究院、启迪之星（嘉兴）等。由浙江中科院应用技术研究院领头的"双创"平台及下属平台和孵化器为"中科系"。迄今，"中科系"内已入

驻研究所14家，与嘉兴市人民政府和当地企业共同组建工程中心16家。而由嘉兴本地和浙江的"双创"力量创设的平台和孵化器，则被称为"禾商系"，南湖海创园、浙大求是驿站、青云加速器、中欧创新园等，即属此系。

2021年浙江清华长三角研究院、浙江清华柔性电子技术研究院更被列入全省首批新型研发机构，成为嘉兴市拥有省级新型研发机构的区域之一。浙江未来技术研究院（嘉兴）入围2021年度省级重点研发计划择优委托项目。如今的嘉兴科技城，实力型科创平台和创新创业载体不断增加，"2＋X"科创平台体系更加庞大、更加完善，成果更为丰硕。

浙江清华柔性电子技术研究院（简称"柔电院"）成立于2017年11月，由清华大学教授、"973"项目首席科学家冯雪担任院长。研究院组建了"四部两中心"，即制造与工艺事业部、检测与装备事业部、专用技术事业部、科技创新部、X-Center、合作与应用中心，在与柔性电子相关的材料、传感、芯片、电路及算法等研究领域处于国际领先水平。柔电院是国家自然科学基金依托单位，也是浙江省柔性电子制造业创新中心依托单位，其研发的系列产品包括柔性心电监测仪、体温监测仪、无线传感器、

线圈、连续碳纳米管纤维等等，其中柔性心电监测仪、体温监测仪已经量产并上市销售。2020年初，为支援武汉抗击新冠肺炎疫情，柔电院成功开发"新冠肺炎疫情防控体温集中在线监测管理系统"，有效地减轻了医护人员的工作负荷，通过远程、非接触的监测也大大减少了医护人员与被监测者间交叉感染的风险，用科学助力抗疫。抗击新冠肺炎疫情期间，柔电院研制的"智柔体温贴"受到了医护人员的欢迎。这款小小的新型柔性电子产品，可以方便地贴在皮肤上，72小时不间断监测体温，并将相关信息发送到手机、电脑等终端。抗击新冠肺炎疫情期间，柔电院先后共计捐赠了2600套心电贴、体温贴。

浙江未来技术研究院（简称"未来院"）成立于2017年6月，由嘉兴市人民政府、浙江清华长三角研究院、南湖区人民政府、嘉兴科技城管理委员会共同发起建立。依托戴琼海院士领衔的清华大学宽带网数字媒体实验室团队，围绕"未来媒体、未来智能、未来生命"三大国际前沿方向，设立了虚拟视效中心、智能诊疗工程中心、智能结构健康监测工程中心等。由未来院的恒研科技研发的人工智能2D转3D系统，采用人工智能技术平台"峥嵘"进行3D内容转制，

相较于传统的人工转制，制作周期短、成本低，耗费人力少。由光线科技研发的 LightGene 光谱视频相机，也是国内第一款全自主研发的高光谱视频相机，可兼顾大场景、高空间分辨率、高光谱分辨率的光谱视频采集需求，可拍摄动态场景。"今后未来院的发展重点，是人才项目的引进、创新项目的孵化、产业项目的引进，以推进 VR/AR 技术与产业创新基地建设，形成具有一定影响力的 VR/AR 产业集群。"未来院院长邵航认为，VR/AR 技术的产业化，将改变未来媒体、未来智能和未来生活，5G 时代下的 VR/AR 还是通信产业的升级方向，产业化基础已日益完备，这无疑又将推动这一创新技术产业化的步伐。

上海大学（浙江·嘉兴）新兴产业研究院成立于 2017 年 8 月，由嘉兴市人民政府、南湖区人民政府、上海大学合作共建。依托上海大学综合学科优势，重点围绕"新材、智能、生态"三大主题，组建三大中心和一个重点实验室（智能科技创新中心、中韩产学研技术成果转移中心、先进电池国际创新中心、前沿新材料实验室）。现已成功创建省博士后工作站和嘉兴市院士专家工作站。同时，研究院与韩国、日本、泰国以及欧洲高校、科研机构和企业进行对接交流，

为开展国际领先原创科研工作形成核心技术成果提供支持。

中国空间技术研究院嘉兴军民融合产业发展中心成立于 2017 年 5 月，由中国空间技术研究院、嘉兴市人民政府和嘉兴科技城管理委员会三方合作共建，是三方在嘉兴设立的"立足嘉兴、面向浙江、辐射长三角"航天技术转化应用平台。

嘉兴区块链技术研究院成立于 2019 年 4 月，由图灵奖获得者惠特菲尔德·迪菲院士及其团队联合嘉兴市人民政府、浙江清华长三角研究院和嘉兴科技城管理委员会共同发起成立。（详见本书第三章第一节）

泰尔实验室（嘉兴）成立于 2019 年 10 月，依托中国信通院在信息通信领域具有权威地位和国际领先水平，服务于长三角尤其是嘉兴本地企业检测需求，主要研究方向为光伏组件、大规模光伏电站验收等。

除了上述与大院名校共建的创新载体，嘉兴科技城内的创业载体也颇值得关注。

南湖海创园位于亚太路两侧，是国家级科技企业孵化器，也是浙江南湖人才创业园的核心区，总面积约 26 万平方米，围绕微电子、生物医药两大主导产业，配套公共技术服务平台，建设知识产权保护中心，吸引高

层次人才，集聚高质量项目。园区内已集聚企业116家，2020年海创园营业收入超25亿元，税收超9000万元。

嘉兴科技城内各大孵化器，例如启迪之星、ANT＋、浙大求是驿站、青云加速器、中欧创新园等在引进企业、培育人才等方面都发挥着积极的作用。

启迪之星（嘉兴南湖）孵化器成立于2016年11月，由启迪之星和浙江清华长三角研究院合作共建，依托启迪之星全球孵化网络资源及浙江清华长三角研究院两大平台深耕嘉兴。该孵化器围绕智能制造、TMT、AI、大数据、节能环保和新材料等六大重点领域，目前，在孵企业85家，累计服务企业203家。

ANT＋国际联合办公项目创立于2016年6月，由中、韩企业家共同发起，坐落于广益路亚欧路路口的天玺大厦，2020年成功晋级为国家级众创空间，重点关注环保科技、新能源科技、文化创意产业。截至目前，累计孵化企业190家。

浙大南湖求是驿站成立于2019年11月，由浙江大学和嘉兴科技城合作共建，主要围绕通讯电子技术、智能智造、医疗器械、生物医药等领域开展工作。目前，共引进注册企业20余家，服务企业200余家。

嘉兴青云加速器成立于2019年10月，重点关注新一代信息技术、光电产业、高端装备、人工智能、节能环保、新能源、汽车、新材料等"硬科技"产业方向。累计孵化企业12家，其中拥有市领军人才以上企业5家。

中欧科技创新园成立于2019年5月，是嘉兴科技城管理委员会与浙江海邦创智投资管理有限公司合作共建的双创载体，主要围绕智能制造、新一代信息技术、生命科学、新材料等符合嘉兴科技城产业导向的重点板块，引进欧洲创业创新人才。其主要合作机构有Plug&Play孵化器、500 Startups孵化器、斯坦福幼发拉底孵化器、Founders Space孵化器等。

启迪之星（嘉兴南湖）孵化器内部实景

在这片活力四射的土地上，各方的力量、智慧在此汇聚，共建创新载体，携手创业创新，并与众多企业建立产学研合作关系，形成群雄竞起、成果迭出的良好格局，助推着嘉兴科技城不断跨越发展。

三 高质量发展的基础是这样夯实的

以"科技创新、人才创新、产业创新"三大创新工程为引领，微电子、智能装备、生物医药三大主导产业集聚发展，一家又一家优秀的"双创"企业，夯实了稳健壮大的基础，竖起了一个又一个高质量发展的"支点"。

2020年12月18日，总投资20亿元的力乐汽车高端零部件装备制造基地项目签约落户嘉兴科技城。

力乐汽车高端零部件项目用地面积约100亩，主要从事各类汽车智能座椅调角器、滑轨等产品的设计、生产和销售，达产后可形成年产80万辆份智能调角器和70万辆份滑轨生产能力，预计可实现年销售收入20亿元、年税收1亿元。该项目的落户，进一步提升、延长嘉兴科技城汽车零部件产业链，推动高端装备制造业高质量发展。力乐公司深耕汽车零部件行业33年，拥有调角器、滑轨等产品的全流程研发、设计、制造能力，有40多项发明专利，是国内汽车调角器部件龙头企业，汽车调角器占国内市场份额20%，占有率名列第一。产品主要在国内销售，并出口北美、东欧、中东、南亚等地区。

2021年3月22日，总投资20亿元的嘉兴微创园二期项目正式开工，建设研发楼及生产厂房，嘉兴科技城生物医药产业领域再添尖端力量。此前的2月19日，总投资10亿元的平谦国际（嘉兴）现代产业园二期项目开工，主要招引高端装备制造、汽车零部件、半导体及医疗器械等产业。眼下，一个总投资60亿元的芯片项目正在积极推进中，并已实现供地，即将

2020年12月18日，汽车高端零部件装备制造基地项目签约落户嘉兴科技城

开工建设，这是嘉兴科技城微电子产业蓬勃发展的又一个例证。

2021年5月21日，嘉兴科技城与敏实集团签订了工业互联网赋能创新中心项目合作框架协议。敏实集团将联合在智能制造和工业互联网领域拥有全球领先技术和解决方案的工业互联公司，组建专业技术团队，为制造企业提供工业互联网整体解决方案，助力企业建设智能化和数字化车间，从而带动区域制造业的整体提升。可以预见，在不久的将来，一批新型智能化的"未来工厂""灯塔工厂"会在南湖不断涌现。

抓平台提升，抓招大引强，抓企业做大做强。进入实施"十四五"规划的第一年，嘉兴科技城加大招大引强力度，主动招引引领性项目，推动

产业可持续发展；进一步做优平台，加大东区环境整治提升力度，完善南区城市公共设施配套；全力加速项目推进，加快项目开工、竣工，尽快形成新的产能，推动经济发展跃升至新的台阶，一个又一个"双创"项目落户嘉兴科技城。

2021年4月底，中共南湖区委书记朱苗从嘉兴市委常委会扩大会议暨全市一季度经济社会形势分析会上，捧回了2021年度第一次"互学互比互赛"流动红旗奖。作为南湖区经济发展主平台，嘉兴科技城在南湖区连续4次勇夺全市流动红旗奖中发挥了举足轻重的作用。

2021年初以来，嘉兴科技城以"开局就发力、起步就冲刺"的状态，始终坚持把项目作为提升经济总量、增强综合实力、聚集发展后劲的根本。通过狠抓高质量投资、加大重大项目推进力度，有效推动经济社会高质量发展。

项目是经济发展的生命线，是实现高质量发展的重要引擎，这一点已得到充分展现。2月19日，南湖区2021年一季度重大项目集中开竣工活动在嘉兴科技城举行，嘉兴科技城平谦国际（嘉兴）现代产业园二期项目顺利开工。嘉兴微创医疗科技有限公司嘉兴微创园研发楼项目开工奠基。一个

又一个项目扎实推进，为区域主导产业发展开辟了新空间、增添了新力量。

项目推进"高潮迭起"的背后，嘉兴科技城正以一流的服务效率、一流的项目配套，争分夺秒抢进度、一丝不苟抓质量。按照"未建项目抓开工、在建项目抓建成、建成项目抓竣工、竣工项目抓投产"的总体思路，嘉兴科技城在项目收集、策划、包装，项目评审、管理、跟踪服务，项目落地、施工保障、协调配合等方面狠下功夫，以"早一天也好"的奋斗状态抓好项目推进。

通过实施项目推进"片区化"管理，嘉兴科技城将技改及新增项目纳入片区全流程管理，按照供地区块划分为5个管理片区，并按片区对所有项目实施定人、定责和全流程管理，提升产业项目服务能力，形成"大抓项目、抓大项目"的良好氛围，加快重大项目推进，以此推动亚瑟医药、加西贝拉、方芯电子等项目拿地开工，推进中晶半导体、正泰华东科创基地等项目竣工，深化万亩千亿平台项目建设、形象提升、服务配套提升、产业生态提升"四大工程"。

嘉兴科技城坚持以"科技创新、人才创新、产业创新"三大创新工程为引领，在高端人才招引、产业集聚、平台打造方面取得了明显成效，有力推动了"微电子、智能装备、生物医药"三大主导产业集聚发展。

微电子产业被称为高端制造业皇冠上的"明珠"，是一个具有基础性和战略性意义的先导产业。如今，微电子产业已成为嘉兴科技城的一大支柱产业，拥有闻泰通讯、中晶半导体、赛思电子、博创科技等优质企业，创新链、产业链、资金链在这里相通共融，形成了良好的产业生态圈。

微电子产业的主要发展方向包括半导体关键原材料，半导体器件设计、制造和封测，智能终端研发生产应用。

在半导体材料产业方面，值得一提的是中晶（嘉兴）半导体有限公司。该公司年产1200万片12英寸大硅片的项目于2019年1月落户嘉兴科技城，项目从签约到开工仅用了39天，采用德国技术和工艺，采购世界上最先进的设备，打造世界一流的12英寸大硅片制造厂，工厂洁净度最高能达到百级。该项目已成功入列2019年度浙江省第一批特别重大产业项目，成为南湖区第一个获此殊荣的项目。（下文将有详述。）

浙江赛思电子科技有限公司由嘉兴市领军人才许文创立，以高精度定位授时服务和功能技术，为时间同步设备提供保障，时间可精确到 1.0×10^{-6} 秒，在5G通信、智能电网、轨道交通、金融等领域均有广泛应用。2020年，赛思电子研发了国内首款北斗高精度、高性能时钟同步芯片（指产品），首次实现了北斗高精度芯片国产化。

在半导体器件产业方面，嘉兴斯达半导体股份有限公司无疑是个龙头企业。该公司成立于2005年4月，是一家专业从事功率半导体元器件，尤其是IGBT研发、生产和销售服务的国家高新技术企业，在国内和欧洲均设有研发中心。公司董事长沈华是嘉兴科技城自主培育的嘉兴首位国家级"引才计划"专家，拥有麻省理工学院电子材料专业博士学位。2020年2月，斯达半导体在上交所主板成功上市。公司产品广泛应用于新能源汽车、工业变频器、家电等领域。斯达半导体在IGBT模块领域的市场占有率排全球第七，是国内唯一进入全球前10的IGBT模块供应商。2021年，斯达半导体又将新投建半导体功率芯片制造基地项目，总投资70亿元，用地面积279亩。

博创科技股份有限公司成立于2003年，专注于光通信领域集成光电子器件的研发、生产和销售，是国内最早的平面波导（PLC）光功率分路器生产厂家之一，其产品主要面向飞速发展的光纤到户接入网络，客户包括全球各大电信运营商，是国内主要通信设备商的核心供应商。

浙江方芯电子科技有限公司、浙江蔚元电子科技有限公司均为2020年下半年新签约项目，都是集成电路先进封测项目。方芯总投资25亿元，主要从事安防、路由网通、功率等芯片的封测；蔚元总投资10亿元，主要生产红外成像仪与智能传感器。

在终端制造和应用产业方面，闻泰通讯股份有限公司必须重点提一提。闻泰科技是全球领先的智能终端ODM公司，闻泰通讯是闻泰科技的全资子公司，2006年落户嘉兴科技城，致力于高品质的整机生产服务，同时拥有模具、注塑、喷涂能力。业务领域涵盖智能手机、平板电脑、笔记本电脑等智能终端设备的研发设计和智能制造，客户群遍及全球。2019年，闻泰科技成功收购安世半导体，加速向半导体、车联网等领域延伸产业链。闻泰科技目前已形成从芯片设计、晶圆制造、半导体封装测试到通讯终端、物联网、智能硬件、汽车电子产品研发制造等一系列的产业布局。经过10多年的快速发展，闻泰通讯已经成长为一家产值超百亿元的头部企业，2020年产值达144亿元。

2020年11月，2020第十届中国智能产业高峰论坛在嘉兴科技城举行，多名院士和逾百名人工智能精英会聚于此。作为G60科创走廊上的重要节点，嘉兴科技城抢占"智高点"，大力发展智能装备产业，打造产业新优势，推动制造业蝶变跃升。如今，嘉兴科技城已形成以汽车零部件、自动化设备、电气设备、成套设备为主的智能装备产业。目前，已拥有智能装备产业规上企业54家，2020年智能装备产业工业总产值达112亿元。

在汽车零部件产业方面，敏实集团是专业设计、生产、销售汽车零部件的企业，于2003年落户嘉兴科技城，2005年12月在香港证券交易所上市。敏实集团在嘉兴科技城设立中国区总部，先后设立嘉兴敏惠汽车零部件有限公司、嘉兴敏实机械有限公司等6家子公司。敏实已成为中国乘用车零部件市场中车身结构件、饰条及汽车装饰件的优秀供货商，为世界知名的国际汽车制造商提供产品。

在成套设备产业方面，始创于1984年的正泰集团，是全球知名的智慧能源解决方案提供商。正泰集团在嘉兴科技城有3家子公司，包括正泰电缆、正泰电气、正泰电源系统。

浙江凯乐士科技有限公司成立于2016年，专注于智能穿梭车、高速提升机、智能物流搬运机器人（AGV）等高端物流设备的研发、生产和销售，提供智能化物流仓库和物流自动化解决方案，能为第三方物流、制造、快递、3C电商等各种行业提供一站式服务。凯乐士自主研发的智能机器人四向穿梭车，可以实现四向行驶、三维穿梭，跨巷道作业，与高速提升机配合可到达穿梭车库的任意货位，以及设备间互为备份，任意一台穿梭车和提升机发生故障时，GIS可调度其他穿梭车和高速提升机进行替代。该产品被广泛应用于各行业的物料存储系统以及线边物流中。

嘉兴华岭机电设备有限公司成立于2006年，是一家研发精密数控装备的创新型高科技企业。公司主要研发与数控机床、半导体设备、液晶制造、LED制造设备相关的关键核心功能部件，其研发的"数控机床用FW系列高精度大推力直线电机"获得国家重大技术装备首台（套）认定。公司生产的直线电机包括无铁芯和有铁芯两大系列，共计400多个品种，在直线电机领域填补了国内高端市场的空白。

仪晟科学仪器（嘉兴）有限公司的技术团队由4名国内外一流大学教授领衔组建，是浙江清华柔性电子技术研究院的重点入驻企业。仪晟科学仪器专注于超高真空技术、近场光学技术、极低温技术等在科学研究中的应用，主要为研究院、高校等设计定制高性能科学仪器。

在装备核心部件产业方面，加西贝拉压缩机有限公司首屈一指。该公司成立于1988年，是国有背景的混合所有制企业（股东分别是长虹华意、嘉实集团、浙江经投），年产销冰箱压缩机3000多万台，日均生产超10万台，客户有西门子、利勃海尔、夏普等国内外著名冰箱品牌的生产商。2020年11月18日11时18分，加西贝拉第三亿台冰箱压缩机诞生，在该公司历史上具有里程碑意义。

同时，嘉兴科技城重点聚焦发展以生物制药、医疗器械、医学检测、临床医药数据分析为主的生物医药前沿产业，规划建设的园区已被列入嘉兴市高能级产业生态园之一。迄今，嘉兴科技城已拥有生物医药产业企业104家，2020年生物医药产业总产值达91亿元，在医疗器械、医学检测等领域也已集聚了一批业内领先的企业。

在医疗器械产业领域，浙江隐齿丽医学技术有限公司成立于2010年，专业从事医用口腔器械的研发、设计、服务、生产和销售，客户覆盖全国6000多家公立医疗机构、知名医院和诊所。隐齿丽在国内率先使用工业机器人，是中国唯一拥有智能制造全生态链的隐形矫治器生产基地。公司自主研发出国内第一套可用于个性化定制式隐形正畸矫治器的生产作业设备和工业生产ERP系统，并实现规模化生产。

微创集团是一家全球领先的创新型高端医疗器械集团公司，业务主要覆盖心血管介入产品、骨科医疗器械等十大领域。集团在嘉兴科技城建立了微创嘉兴园作为嘉兴总部，有微创脉通、微创龙脉、微创优通、微创医美4家子公司。其中微创脉通专注于研发和生产微创伤介入与植入医疗器械材料及零组件，提供医用医疗管、医用导管部件、医用金属管材及部件（医用纺织类植入材料、医用聚合物、产品零部件）及OEM等一站式服务。

嘉兴凯实生物科技有限公司成立于2009年，是国内第三方仪器研发和制造领域的先行者。凯实生物为多家国内和国际公司提供ODM产品。产品覆盖核酸诊断、免疫诊断、病理诊断、生化检测、微生物检测等应用领域。公司生产和安装的大型自动化设备每年超1000台，跻身全国同行业前列。目前，公司已启动科创板上市进程，现已完成股改。其子公司博毓生物科技致力于生命科学、临床诊断领域的耗材研发、制造、销售、服务。

在生物制药产业领域，浙江亚瑟医药有限公司、安家药业是2020年新引进的两个百亿项目，都是专业制药公司。亚瑟医药高端制剂研发及产业化项目总投资达105.8亿元，于2020年2月落户嘉兴科技城。亚瑟医药专注于高端药物的开发、生产和销售，涉及心血管类、肿瘤类、抗感染类等多个领域。目前一期项目新建注射剂、原料药、固体制剂、分析中心等多个研发中心及年产300万支的小型注射剂生产车间，形成可开发上百种共性技术的药品孵化平台。安家药业总投资达15亿美元，于2020年4月落户嘉兴科技城，用地面积约110亩。项目连接美国领先的抗癌药物与中国不断增长的癌症医疗需求，拟开发4种创新药，致力于打造中国一流创新药企业。同时，公司将与南湖区和嘉兴科技城共同打造30亿—50亿元规模的大健康专项产业基金，支持大健康产业项目落户南湖区。

在医学检测领域，嘉兴雅康博医学检验所有限公司于2011年落户嘉兴科技城，致力于通过分子生物学检测技术，为各大医院确诊的癌症病人提供个性化诊疗方案。2020年1月中旬，

亚瑟医药高端药物研发及产业化项目"云签约"仪式
Cloud Signing Ceremony of Arthur Pharma for Hign-end Drugs RD& Industralization Project

2020年2月21日，亚瑟医药高端药物研发及产业项目签约落户嘉兴科技城

团队就成功研发出新型冠状病毒快速检测试剂盒。该试剂盒在发现无症状或处于潜伏期的病毒携带者方面，较其他方法具有无法替代的独特优势。

嘉兴允英医学检验有限公司是国内肿瘤精准医学的倡导者，是由一批海外归国留学人员创立的国内最早开展液体活检开发和应用的高新技术企业。该公司致力于肿瘤个性化分子诊断的服务和相关试剂的研发，以及溶瘤病毒项目的研发，是国内单体规模最大的第三方独立医学检验实验室。其业务在全国均有分布，主要为医院提供各类检测服务，特别是在早癌筛查具有速度快、精准程度高等特点。公司核心技术团队拥有多名专攻癌症的生物学博士和生物信息学博士，公司创始人张道允是嘉兴市领军人才、

嘉兴允英医学检验有限公司

中科院上海生命科学研究院博士、约翰霍普金斯大学医学院博士后。

在临床医药数据分析方面，嘉兴泰格数据管理有限公司是一家专注于为新药研发提供临床试验全过程专业服务的合同研究组织，通过提供高质量的临床试验服务，推进产品市场化进程。嘉兴泰格数据是泰格医药全资子公司，负责临床试验服务中最重要的技术附加值环节、数据管理和统计分析。2020年新型冠状病毒爆发期间，公司在武汉金银潭医院等多家医院的接诊中，承担了数统分析的任务，为疫情诊断提供了强有力的数据分析支撑。

近年来，嘉兴科技城持续提升企业自主创新意识，通过加强高企申报培育、推进企业股改上市、鼓励企业转型升级，加快优质企业培育，逐步形成梯度上市培育发展群，逐步扩大业界影响力和竞争力。仅2020年，卫星石化股份有限公司入选2020年度省级企业技术中心及2020年省级工业互联网创建名单；浙江荣泰科技企业有限公司入围第二批专精特新"小巨人"企业名单；浙江赛思电子科技有限公司的"面向6G空间高带宽低轨通信卫星的高精度氢原子钟轻量化技术研发及产业化"项目被列入"科技助力经济2020"国家重点专项项目立项清单。

截至2021年一季度，嘉兴科技城已有20家上市企业，包括卫星石化、博创科技、斯达半导、明新旭腾等高质量发展的优秀企业，有力地推动着创新链、产业链、资金链相通共融，形成创新、创业的生态圈。

"给我一个支点，我将撬动整个地球。"这是伟大的古希腊哲学家、科学家阿基米德所言。在嘉兴科技城这片大有可为的热土上，我们正在寻求并竖起一个又一个高质量发展的"支点"。"须臾静扫众峰出，仰见突兀撑青空。"（唐·韩愈）而我们正拥有更多强劲的"支点"以撑起高远的希望，一切美丽的梦想终将实现。

第三章

实施创新驱动战略，营建一流园区

> 　　寻找核心技术自主创新的重要突破口，与世界最高端接轨。
>
> 　　整合优化产业创新服务资源，更好地提供效率领先、功能齐全的一站式电子信息（智能硬件）产业创新服务。
>
> 　　通过人才、技术、资本等市场高端要素和政策要素的集聚，以小试点大示范，加快推进当地产业转型升级。

一　区块链研究院，与世界最高端接轨

　　以图灵奖获得者惠特菲尔德·迪菲为首席科学家的嘉兴区块链技术研究院，将在嘉兴科技城构筑区块链技术高地，着力攻克关键核心技术，让区块链技术在金融、民生、政务等多领域有更为广阔的应用前景。

　　"区块链对我来讲是一个非常具有创新性和令人兴奋的技术。它有两个非常关键的功能因素，一个因素是把物理介质取消掉，另一因素则是把一个中心化的计算，用一个分布式的、大家在社区里面的一个行为来代替。这是一个非常重要的进化，尤其是在大数据和信息化领域里面，信息能够可溯源，在系统里把它记录出来，希望它对社会有更大的贡献。"

　　2019年5月26—29日，2019年中国国际大数据产业博览会（以下简称"数博会"）在贵阳召开。上述这段文字，是图灵奖得主、美国科学家惠特菲尔德·迪菲在出席该数博会"贵阳市区块链技术与应用联合实验室主权区块链生态——享链生态发布会"时，登上演讲台发表即兴演说时的一

段话，言明了他对区块链的认识，表达了他对区块链为社会做更大贡献的期待。

就在惠特菲尔德·迪菲做出这番演说的一个多月前的 4 月 8 日，嘉兴区块链技术研究院（又名"嘉兴市嘉禾区块链技术研究院"）在嘉兴科技城举办开院仪式。作为该研究院的发起人之一，惠特菲尔德·迪菲率领他的团队出席了开院仪式，并将面向数字网络安全、人工智能、物联网等领域，在嘉兴科技城开展相关的技术开发、技术服务、技术培训和成果转化等工作。无疑地，嘉兴区块链技术研究院的成立，将在区块链研究上取得突破，并与密码学相结合，加快区块链在各个领域的应用，使这一领域的研究和应用与世界最高端接轨。

区块链是一个信息技术领域的术语。从本质上讲，它是一个共享数据库，存储于其中的数据或信息，具有"不可伪造""全程留痕""可以追溯""公开透明""集体维护"等特征。基于这些特征，区块链技术奠定了坚实的"信任"基础，创造了可靠的"合作"机制，具有广阔的运用前景。因区块链技术具有网络保护更安全、隐私保护更到位、计算成本更低等优势，目前已被应用到税务、征信、医疗、慈善等多个领域，并在物联网和

物流、数字版权、保险、公益等领域发挥作用。

2019 年 1 月 10 日，国家互联网信息办公室发布《区块链信息服务管理规定》。2019 年 10 月 24 日，在中央政治局第十八次集体学习时，习近平总书记强调"把区块链作为核心技术自主创新的重要突破口""加快推动区块链技术和产业创新发展"。"区块链"这一名词以及它的特点和作用，已逐渐被人们所认识，并成为社会的关注焦点。

惠特菲尔德·迪菲现任美国劳斯坦福 Cryptic Labs（加密实验室）首席科学家，美国国家工程院院士、英国皇家学会外籍院士，被誉为"公钥加密之父""现代密码学之父""世界网络安全奠基人"。作为全球密码技术和安全技术领域的顶级专家，他与其合作伙伴马丁·赫尔曼一起，共同创建了史上第一个密钥交换协议/算法（Diffie-Hellman），开创了密钥加密算法和数字签名机制的先河，至今 Diffie-Hellman 协议/算法已成为大多数互联网安全协议的基础，保护着世界互联网的运行。

惠特菲尔德·迪菲为何会走上"密码"研究之路？据他本人介绍，这首先得归功于他的一位老师。"我那时候 10 岁，正在上小学五年级。当

时有个老师叫玛丽·柯林斯，她花了一天半的时间给我们介绍了一些关于密码的知识，我很感兴趣。"惠特菲尔德·迪菲的父亲拥有城市大学图书馆的借书证，帮他借来了各种各样的书，而他对讲密码的书最感兴趣。后来他在中学、麻省理工学院以及求职创业中，依然时不时地接触到一些关于密码学的知识。神秘的密码学，在惠特菲尔德·迪菲看来，"只是听起来很难，实际上密码学就是一种转换，是用数学的方式，把简单的纯文本信息转换成无法理解的或者很难解密的信息，用密码来保护信息"。

就此开启密码学研究的惠特菲尔德·迪菲，在1976年与另一位研究者马丁·赫尔曼一起出版了《密码学新方向》，奠定了今天公共密码交换系统的基础，使其被广泛应用于当前网络通信。鉴于他们两人在密码学研究应用方面的卓越成就，惠特菲尔德·迪菲和马丁·赫尔曼共同获得了2015年的图灵奖。

图灵奖可以被称为计算机科学和技术领域的奥斯卡奖。它是由美国计算机协会（ACM）于1966年设立的计算机奖项，旨在奖励对计算机事业做出重要贡献的个人。图灵奖的获奖要求极高，评奖程序极严，一般每年仅授予一名计算机科学家，现为计算机领域的国际最高奖项。

"首先是物联网和能量消耗，然后把互联网拓展到数以十亿计的设备；其次是加密背后的数学算法。我是一个密码学家，我们必须提供必要的证据，但没有人成功，非常困难。可能这是加密学最大的缺点，是实施起来效果不均衡，特别是在信息安全领域；另外，我们还面临量子计算的威胁，如果我们有数以十亿计的设备，很多都是微能耗的设备或者是使用纳米技术，我们要进行加密可能就会更难。我们现在使用一些21世纪的技术去解决20世纪50年代的难题还是没有问题的，但是要想解决物联网目前面临的问题还是有一些难度。"在谈到密码学研究和应用时，惠特菲尔德·迪菲认为，密码学研究和应用正面临重大的挑战，但这也意味着它拥有新的发展前景。

2018年的一场"嘉兴市区块链学术交流会"，让惠特菲尔德·迪菲这位全球区块链领域的顶尖专家及其团队与嘉兴科技城结下了不解之缘。几经考察研讨和交流沟通，仅用3天时间，惠特菲尔德·迪菲就同意他的团队与嘉兴签约，联合嘉兴市人民政府、浙江清华长三角研究院、嘉兴科技城管理委员会共同发起成立嘉兴区块链技术研究院，立足嘉兴、辐射长三角，共同打造区块链研究、应用和人才聚集高地。惠特菲尔德·迪菲及其团队认为，之所以选择嘉兴科技城作为今后研究和应用的重要合作伙伴，除了这里有实打实的资金支持、科研支持外，更有政府务实、高效的作风和未来广阔的市场前景。

可以说，这是浙江清华长三角研究院"海外孵化器"的重要引才成果。浙江清华长三角研究院自落户嘉兴以来，已在全球建设八大"海外孵化器"，布局全球化招才引智网络，推动人才项目"孵化在海外、转化在嘉兴"，为经济发展培育新动能。

嘉兴区块链技术研究院采用"一院一园一基金"的发展模式，以惠特菲尔德·迪菲及其团队为主要技术力量，以区块链技术为基础，开发软件和应用系统，为数字经济发展提供底层的技术支撑。研究院下设数字网络安全中心、人工智能研发中心、物联网研发中心、金融创新中心、人才培训中心，以区块链专业技术研究院为核心动力，部署区块链技术产业园，围绕产业园配套区块链产业扶持专项基金，同时完善区块链人才培养体系，集聚世界顶尖区块链人才，形成区块链技术的人才聚集地。

数字经济是推动经济转型升级的"一号工程"。一直以来，南湖区和嘉兴科技城着力于抢抓发展机遇，厚植科创优势，攻坚科技赋能，积极培育区块链等前沿技术产业，加快打造高质量数字经济集聚区，成果丰硕。嘉

2019年4月8日，嘉兴区块链技术研究院开院

兴区块链技术研究院的成立，不仅进一步巩固了产业吸引人才、人才引领产业的良性循环态势，更为南湖区乃至嘉兴的高质量发展提供了强大的动力。仅在成立1年内，研究院就已引进国家级、省级高端人才5名，且被评为嘉兴市首个重大人才"一事一议"项目。下一步，嘉兴区块链技术研究院将在嘉兴科技城构筑区块链技术高地，依托惠特菲尔德·迪菲团队在区块链技术行业的创新能力，着力攻克关键核心技术，让区块链技术在金融、民生、政务等多领域有更加广阔的应用前景。

自嘉兴区块链技术研究院成立以来，区块链技术在特色块状产业、多方合作领域已有广泛应用，研究和应用成果非同凡响。如针对嘉兴传统的毛衫产业，区块链底层技术的运用释放了核心企业信用到多级上下游供应商，从商业合同到征信进行可信综合考量。这一举措对中小微毛衫企业而言，可降低融资成本，提高融资效率；对银行而言，也能盘活中小微企业，将他们纳入供应链金融中。

2019年10月18—22日，第六届世界互联网大会"互联网之光"博览会在嘉兴桐乡乌镇举行。该博览会是世界互联网大会"1＋3"架构的重要功能板块。在该届博览会上，共展出600余家国内外知名互联网企业和创业创新企业的新技术、新产品、新应用。同时，该博览会还设有新产品新技术发布、项目合作洽谈等板块，为企业、人才打通互动通道。嘉兴区块链技术研究院首次亮相于"互联网之光"博览会。在展会上，混合云技术引发多方关注。该技术将区块链技术与当下分布式云计算技术结合，将为云计算行业视频转码业务带来变革，使云服务成本降低90％，为中小微视频公司提供解决方案。

"自区块链技术研究院成立以来，市、区、嘉兴科技城各级领导及部门给予的大力支持和帮助，为区块链技术研发和成果转化提供了坚实的支撑和保障。"嘉兴区块链技术研究院执行院长胡创悦介绍说，"迄今，研究院通过自主孵化混合云产品进行了技术迭代，解决了计算资源浪费、计算成本高等问题，底层技术研发和核心技术取得新突破。研究院在网络安全和金融创新领域开发的产品已商业化应用于市场，自主研发的LIL随机性测试软件工具包已供金融和商务网站使用，在应用区块链技术方面已与相关银行达成初步合作意向，用于完善银行安全系统。"

"90后"胡创悦是惠特菲尔德·迪菲团队中的一员，之前一直在美国硅谷工作。团队落户嘉兴科技城以后，她留了下来，主持研究院的日常工作。她介绍说，嘉兴区块链技术研究院成立后，仅1年多时间，与嘉兴合作的区块链项目就达到了近20个，涉及金融、民生、制造、智慧城市、政务服务等方面。项目需要人来做，那么如何吸引更多高端人才前来？研究院一方面依托项目引人才，另一方面也自主研发培训课程，培养人才。

"因为区块链是交叉学科，没有一个区块链专业出来的人才，我们自己开设培训课程，帮助这些原本就很优秀的高才生，更好地去转型，转型之后就来研究院工作。"胡创悦说，"我们已跟嘉兴职业技术学院达成了战略合作，要把区块链课程嵌入他们现有的课程体系里面。"

2019年，胡创悦与团队共同研发的"人才e点通"服务平台已正式上线，这个平台通过一键申请、一网联办、一码串联，实现人才认证的快速办理、人才补贴的安全兑付，提升人才创业创新全过程的服务能力和水平。"每一个人才建档之后，他有一个专属的区块链编码；根据人才类别的档次，能够搜索到相应的符合申请的政策；包括资金秒到付，就是在公示期过了之后，财政马上就可以把相应的属于我的政策补助拨到我的账户上来。"

2020年1月17日，嘉兴区块链技术研究院首席科学家惠特菲尔德·迪菲受邀参加了2020年在华外国专家新春座谈会，在人民大会堂受到了国务院总理李克强的会见。作为64名受邀参会的外国专家之一，惠特菲尔德·迪菲以其在密码学、数据加密、数据分析和信息安全等领域取得的成果，领衔建立嘉兴区块链技术研究院，为长三角地区区块链技术人才高地打造所做的贡献，令人瞩目。

"鸿鹄高飞，一举千里。"（西汉·刘邦）嘉兴区块链技术研究院未来将继续打造依托项目引人才、依托人才引项目的全新生态圈，除了满足自身需求外，还将把人才输送到全国各地，推动国内区块链发展，让各方合作，实现共赢。与此同时，研究院已有区块链供应链金融项目、智慧安全生产监管平台项目、农产品溯源平台项目、长三角一体化示范项目、跨部门场景化多业务协同办理平台项目正在加紧产业化推进，推动区块链最前沿科技真正应用于市场。

二 首批省级产业创新服务综合体，"新"在哪里

效率领先、功能齐全的一站式电子信息（智能硬件）产业服务平台，将不断整合优化产业创新服务资源，进一步促进嘉兴科技城乃至南湖区、嘉兴市电子信息（智能硬件）产业的发展。

2018年1月，经浙江省人民政府同意，省科技厅公布了首批浙江省产业创新服务综合体名单，全省共有6个新兴产业领域产业创新服务综合体被列入创建名单，13个产业创新服务综合体进入培育名单。南湖电子信息（智能硬件）产业创新服务综合体被列入首批省级产业创新服务综合体创建名单。

在浙江，中小企业量大面广、块状经济集聚发展，但同时，科技创新因素仍显缺乏。近年来，随着发展方式的转变和技术更新的加快，中小企业面临着技术水平偏低、品牌实力较弱、行业话语权不大、融资难融资贵等瓶颈，且所受的制约日益突出，迫切需要系统集成的创新公共服务。由此，从2017年起，浙江启动产业创新服务综合体建设，试图通过创新资源

要素的整合，破解产业发展面临的关键共性技术难题，营造高层次产业创新生态。按照部署，到2022年，全省将建成300个产业创新服务综合体，实现传统块状经济、现代产业集群的全覆盖。

嘉兴南湖电子信息（智能硬件）产业创新服务综合体（以下简称"综合体"）就是在这样的背景下成立的，其宗旨就是提供效率领先、功能齐全的一站式电子信息（智能硬件）产业创新服务，不断整合优化产业创新服务资源，更好地服务嘉兴科技城乃至南湖区、嘉兴市的电子信息产业，进一步促进南湖区电子信息（智能硬件）产业的发展。

作为加快推进创新产业发展，提供一系列创新服务的综合体，它的主要功能有哪些？它"新"在哪里？更

重要的是，它对嘉兴科技城和南湖区的电子信息（智能硬件）产业发展将在哪几个方面起到不可替代的作用？事实上，只要从综合体是怎样围绕五大体系建设、助力区域电子信息产业高质量发展的这一点入手，即可获得相关答案。

一是建立校企合作研发设计体系。综合体依托浙江清华长三角研究院、浙江中科院应用技术研究院等科研院所，持续扩大院地合作领域，重点加强嘉兴轻合金材料技术实验室、嘉兴集成电路设计实验室等研发中心建设，促进企业与高校、科研院所主动服务企业研发活动。如每年组织博士团队和相关技术设计团队，服务企业，帮助企业设计产品，同时持续推进完善人才交流服务体系建设，共享大院名校的人才和技术资源。迄今，嘉兴科技城人才市场、人才俱乐部、人才公园已陆续开业运营。

二是完善创新创业孵化体系。综合体充分发挥产业综合体服务大楼暨嘉兴科技城展示馆·智立方的作用。该馆集人才交流、技术交易、产品展示、项目路演、行政审批等多功能于一体，现有审批代办中心、人才服务银行等10家机构入驻，为综合体成员单位提供"一门式受理、一站式服务、一条龙办结"的集成服务。同时

加快建设嘉兴南湖（上海）创新孵化中心，发挥其作用，举办对接会、推介会、小型沙龙，为会员企业和创业团队提供线上线下互动交流服务。

三是打造产业专业服务体系。综合体加强智能制造服务体系建设，引进重大电子信息产业项目，面向加工型中小会员企业提供机器换人、数字化车间、智能工厂建设等工程服务。加强信息技术基础体系建设，依托国家检验检测高技术服务业集聚区建设，先后引进国内权威检验检测机构，为会员企业提供检验检测及产品认证服务。同时全力做好嘉兴科技城知识产权法庭建设和运作，进一步提升区域内知识产权第三方服务能力。

四是持续推进科技金融发展。综合体依托省级特色小镇南湖基金小镇"投融圈"，初步形成"政府引导—基金合作—科技担保"同步发展的立体化科技金融新机制。建立创业引导资金激励机制，形成"政府引导—团队回购"的创业扶持模式，成立人才基金和产业基金。同时探索引入社会资本共建产业基金，与相关企业合作开展海外孵化工作，挑选优势项目在海外孵化后回归嘉兴科技城。探索成立了嘉兴科技城人才银行，为人才企业提供资金支持。

五是政府公共服务体系建设。综

合体不断改革创新，推出"一枚印章"管多项审批工作。南湖区政务数据局（行政审批局）早已推出了"最多跑一次"，依托"互联网＋"，实现了线下"智慧审批"大厅延伸至综合体，企业注册登记、项目备案、多评多规合一等相关审批事项实现了无缝对接，为创业创新提供全程代理的一条龙行政审批服务。

从上文可知，南湖电子信息（智能硬件）产业创新服务综合体是以嘉兴科技城为主平台，以智立方为中心，以南湖云创小镇为载体而运作

的。那么，这个"智立方"又是怎样的一个地方？具有哪些功能？

嘉兴科技城展示馆·智立方（以下简称"智立方"）位于嘉兴科技城的核心区域，由嘉兴市人民政府、南湖区人民政府共同建设，为嘉兴市与南湖区共同重点打造的人才创新创业综合体。

智立方总投资为 1.25 亿元，总建筑面积达 12 512 平方米，共有 4 层建筑，为巨型立方体造型。它由清华大学建筑设计研究院设计，由"鸟巢"的施工单位浙江精工钢结构有限公司

嘉兴科技城展示馆·智立方

施工建设。从外观上看，整座建筑三面环水，似乎漂浮于水面之上，颇有灵动之感，寓意"源远流长，延绵不绝"，当然也与嘉兴科技城正处于杭嘉湖平原这片江南水乡有关。

智立方于2018年4月8日正式开馆，于2020年10月又对展陈内容进行了重新布置。它是嘉兴市首个人才创业创新的一站式综合服务平台，其功能比较丰富，"展示"和"服务"是最大的两个，即展示嘉兴科技城发展规划、科技创新、人才创新、产业创新，是展示嘉兴科技城美好形象的重要阵地，是嘉兴科技城的"城市会客厅"和"城市金名片"；同时也为各类人才提供多元化全方位的服务，推动科创CBD建设。

走进智立方，首先看到的是沉浸式的沙盘场景结合三折屏播放的《创新引擎 科技新城》规划片。它们呈现了嘉兴科技城的发展历程、"一心两轴五片区"及未来远景，构筑出嘉兴科技城灵动创新且极富张力的视觉盛宴。它娓娓道出这18年来嘉兴科技城29.5平方千米土地上发生的巨变，嘉兴科技城固有的优势，重要的历史节点，不能忘怀的创业历程，取得的辉煌成就以及对未来的热切向往……人们对嘉兴科技城有了生动形象、全面系统的了解。二楼的序厅则通过艺术

连屏及现代浮雕，展示了嘉兴科技城的文化内涵及科技成就。

沙盘场景和三折屏的对面，是嘉兴科技城上市企业logo墙，如卫星石化、博创科技、斯达半导、明新旭腾等优质上市企业，它们推动创新链、产业链、资金链相通共融，形成创新、创业的生态圈。

接下来往里走，几大展厅分别展示了嘉兴科技城"微电子、生物医药、智能装备"三大主导产业的发展成就和主要企业。

在"微电子产业"展区，"嘉兴南湖微电子产业平台业绩总览"精彩地演绎着嘉兴南湖微电子产业平台的"成长成就"与"无限可能"。这个平台已被浙江省发展和改革委员会列为第二批浙江省"万亩千亿"新产业平台，聚焦发展了以半导体关键原材料制造——半导体器件设计、制造、封测——智能终端应用协同发展的微电子产业。

中晶（嘉兴）半导体有限公司、浙江赛思电子科技有限公司等半导体材料企业，嘉兴斯达半导体股份有限公司、博创科技股份有限公司、嘉兴市纳杰微电子技术有限公司和通用微（嘉兴）电子科技有限公司、浙江方芯电子科技有限公司、浙江蔚元电子科技有限公司等半导体器件企业和闻

泰通讯股份有限公司等终端制造和应用企业的发展历程、现状和特色清晰地得以展示。

在"生物医药产业"展区可以看到，嘉兴科技城生物医药产业园聚焦发展以生物制药、医疗器械、医学检测、临床医药数据分析为主的生物医药前沿产业，已被列入嘉兴市高能级产业生态园。

浙江隐齿丽医学技术有限公司、微创集团、嘉兴凯实生物科技有限公司等医疗器械企业，浙江亚瑟医药有限公司、嘉兴和剂药业有限公司等生物制药企业，嘉兴雅康博医学检验所有限公司、嘉兴允英医学检验有限公司等医学检测企业和嘉兴泰格数据管理有限公司等临床医药数据分析机构的发展历程、现状和特色，也被展示得十分详尽。

在"智能装备产业"展区可以了解到，嘉兴科技城以生产汽车零部件、自动化设备、电气设备、成套设备为主，以及智能装备产业发展迅速的主要成就。

敏实集团等汽车零部件企业，正泰集团、浙江凯乐士科技有限公司、嘉兴华嶺机电设备有限公司、仪晟科学仪器（嘉兴）有限公司等成套设备制造企业和加西贝拉压缩机有限公司等装备核心部件制造企业的发展历

程、现状和特色，都被展示得清清楚楚，令人一目了然。

行走在"人才星光大道"上，还可目睹那些正在为嘉兴科技城和南湖区发展做出贡献的院士、高端人才和领军人才，每个人都有详尽的图文介绍。LED显示屏、三维短片、交互技术等手段在此始终交替使用。"你好！我是嘉兴斯达半导体股份有限公司创始人沈华……"在三楼的领军人才互动展厅，站在感应区域，就可以与领军人才代表面对面互动，倾听他们在嘉兴科技城的创业创新经历。

再往前走，就是对嘉兴科技城各主要科创平台的介绍了。这些科创平台包括浙江清华长三角研究院、浙江中科院应用技术研究院、浙江清华柔性电子技术研究院、浙江未来技术研究院、上海大学（浙江·嘉兴）新兴产业研究院、嘉兴区块链技术研究院、嘉芯第三代半导体产业技术研究院、南湖海创园、浙大南湖求是驿站、嘉兴青云加速器、中欧科技创新园等，目前已初步建成"2＋X"科创平台体系。

而走进智立方B1层，就到了为企业和人才提供创新创业服务的核心区。这里也是南湖电子信息（智能硬件）产业创新服务综合体的主要场所，具备人才交流、技术交易、产品展示、

项目路演、行政审批等多项服务功能。在人才交流中心，领军人才创业培训、人才交流对接、高端人才互动等活动，都可以在这里进行。

向前行进，里面即是技术交易中心，这里已与各个科技大市场进行数据信息联网，实现了人才资源、科技资源的高频对接和良性互动。人才企业能在这里找到技术，而科研技术能在这里找到成果转化的途径。

不过，在智立方，最引人注目的还是审批代办中心区域。在这里，有近10个窗口能为各类人才提供产业基金申请、科技项目申请、企业注册服务、生活配套服务、人才银行服务等"一门式受理、一站式服务、一条龙办结"的集成服务，人才和企业发展中遇到的资金短缺、人才招聘等"成长烦恼"，都有专业机构帮助答疑解惑、解决问题。

2018年10月15日下午，嘉兴南湖电子信息（智能硬件）产业创新服务综合体联盟（以下简称"联盟"）成立大会举行。联盟的成立，标志着首批40余家电子信息企业行业用户、科研单位、中介机构已经"抱团"，着手打造电子信息产业一站式服务平台，推进产业创新服务综合体建设。这首批40余家理事单位，包括政府单位、科研院所、电子信息类工业企业、软件与信息服务业企业、孵化器和众创空间、检验检测机构、知识产权保护提供方、科技金融服务单位等，涉及电子信息产业的方方面面。

结合南湖区电子信息（智能硬件）产业的发展现状，南湖电子信息（智能硬件）产业创新服务综合体综合考虑沪嘉杭创新服务资源情况，采取以"联盟＋会员"模式来运营创新服务综合体。联盟的成立，为南湖区和嘉兴科技城打造效率领先、功能齐全的一站式产业创新服务综合体，迈出了实质性的一步。

参加联盟的各个单位，都有各自的分工，都能发挥各自所长。浙江清华长三角研究院、浙江中科院应用技术研究院等科研院所将为电子信息企业提供关键技术研发等服务；嘉兴威凯检测技术有限公司、嘉兴中科检测技术服务有限公司等机构可以提供检验检测服务；南湖金融区建设开发有限公司可以提供科技金融服务……联盟将搭建交流、合作、创新的开放平台，联合广大企事业单位、社会团体和专家，搭建一站式服务平台，为电子信息企业提供集研发设计、创新创业孵化、智能制造服务、检验检测、知识产权、科技金融、人才交流、展览展示、活动交流于一体的集成式服务。

近几年来，电子信息产业已成为南湖区主导产业和优势产业。联盟的成立，也为全区电子信息领域广大企业单位提供了一个沟通交流更加方便快捷的平台，为全区乃至全市电子信息产业集群发展、协同发展创造更好的环境，加速产业创新服务综合体建设。

除了嘉兴南湖电子信息（智能硬件）产业创新服务综合体，还有嘉兴南湖精密机械制造（压缩机）产业创新服务综合体和嘉兴南湖文化创意产业创新服务综合体，其中南湖精密机械制造（压缩机）产业创新服务综合体也在嘉兴科技城内，它以加西贝拉压缩机有限公司为主要牵头单位。精密机械制造（压缩机）产业是南湖区机电装备制造业的重要组成部分，产业年总产值已超 100 亿元。除了加西贝拉，重要企业还有格兰德等一批行业龙头企业，形成了以压缩机精密制造为核心，以曲轴、曲轴箱、铸件等配套零部件为基础，其他智能机械制造产业协同发展的产业集群体系。

三　南湖云创小镇：数字智造高地

着力构建以智能硬件和集成电路为主导的数字经济产业体系，为创业创新营造良好环境，南湖云创小镇成为驱动南湖区经济高质量发展的强大引擎。南湖云创小镇能够取得好成绩，不仅在于鲜明的特色，还在于雄厚的实力。

2016 年 3 月，地处嘉兴科技城内的南湖云创小镇被列入第一批嘉兴市特色小镇创建名单；2017 年 8 月，南湖云创小镇入列第二批浙江省特色小镇培育对象；2019 年 9 月 26 日，浙江省召开全省重大项目暨特色小镇建设现场推进会，时任省委副书记、省长袁家军出席并亲自授牌。通过激烈的竞争，南湖云创小镇在连续 2 年浙江省培育类特色小镇考核优秀的基础上，战胜对手，成功入列浙江省特色小镇第五批创建名单，从省长手中接过了这块难得的特色小镇牌匾。

南湖云创小镇位于嘉兴科技城核心区域，规划范围东至亚中路、三环南路延伸段，南至202省道，西至曹家桥港，北至广益路、烧香港，面积为3.07平方千米。它紧紧依托嘉兴科技城信息技术研发孵化优势，突出"云创"这一主题。所谓"云"指新一代信息技术等数字产业，也指人才、资金等创新要素的集聚；"创"则为依托国家创业创新示范基地建设，通过构建"实验室—中试孵化—工程化推广—生产基地"的创新创业空间，营造集创新、资本、产业、人才链于一体的创业创新高地。

特色小镇不同于传统意义上行政区划的镇和产业园区，是一种新的主体形式。它的规划面积一般在3平方千米左右，对产业方向和投资规模都有明确的要求，通过人才、技术、资本等市场高端要素和政策要素的集聚，以小试点大示范，加快推进当地产业转型升级。同时，省级特色小镇还必须有鲜明的产业个性。毫无疑问，依托嘉兴科技城发展起来的南湖云创小镇，无论从硬件来分析，还是从软件来衡量，都已符合一座特色小镇的所有创建条件。

"云创小镇能够取得好成绩，不仅在于鲜明的特色，还在于雄厚的实力。"从一开始就参与省级特色小镇申报的时任嘉兴科技城管理委员会副

南湖云创小镇

主任卜京伟对此颇有感触。

的确，在 2017 年底全省 64 个培育类特色小镇的"期终考"中，不少小镇尽管颇具实力且特色十分鲜明，但在近乎苛刻的"残酷"考核下，仅有 7 个小镇的考核结果达到了优秀，25 个达到了良好，20 个小镇达到了合格，还有 6 个则惨遭淘汰，但南湖云创小镇却能在如此激烈的竞争中胜出，且在 7 个考核优秀的特色小镇中位列第二！

其实，地处"江南硅谷"的核心区块，聚集于周围的众多云创平台，早已让南湖云创小镇在嘉兴市有了相当强的实力，在全省拥有了一定的知名度。浙江清华长三角研究院、浙江中科院应用技术研究院就先后落户在今南湖云创小镇区域。南湖云创小镇入列省级特色小镇培育名单后，嘉兴科技城动力更足，仅 2017 年，就相继引进浙江未来技术研究院、浙江清华柔性电子技术研究院、上海大学（浙江·嘉兴）新兴产业研究院、嘉兴区块链技术研究院、中国空间技术研究院嘉兴军民融合产业发展中心等多个高端平台。

从海归博士到国家、省级高端人才，从专家院士到"金字塔尖"顶尖专家……近年来，以南湖云创小镇为"巢"，嘉兴科技城加速高端人才集聚。截至 2020 年底，嘉兴科技城已累计引进诺贝尔奖、图灵奖等国际顶尖人才 34 名，省级及以上高端人才 160 名，市级领军人才 260 名；累计引进博士 679 人、硕士 1830 人、海外留学归国人员 557 人。嘉兴科技城已成为嘉兴高层次人才集聚层次最高、密度最大的园区，并成为全省唯一的首批获批的国家级专家服务基地。

与此同时，南湖云创小镇还有意识地拓展引才模式，做强创新平台，优化人才服务，持续打造人才创新创业最优生态。这几年更是以"高精尖缺"为导向，重点引进诺贝尔奖获得者、国内外院士等顶尖人才开展科技成果转化和产业化工作，深化"引进一名人才、带来一个团队、引领一个产业"的模式。

南湖云创小镇还建成了一批孵化基地和众创空间，其中有省、市级科技企业孵化器浙江清华长三角研究院、中科创业，以及嘉兴软件园、嘉兴集成电路设计创业孵化基地等，还有省、市级众创空间胜因谷、启迪之星、中科创星等。2018 年底投入使用的嘉科创业园，其资金投入就达到了 2 亿元，建筑面积为 5 万平方米。众多"种苗培育基地"的活力也日益增强。

南湖云创小镇依托浙江清华长三角研究院、浙江中科院应用技术研究院等大院名校创新平台，大力发展以智能硬件和集成电路为核心的新一代信息技术产业。

在中美贸易摩擦不断的大环境下，云创小镇"芯动"日益强劲，不仅有斯达、博创、芯动为代表的芯片研发应用产业，而且通用微公司更是国内声学技术、芯片研发生产领军企业，其产品已运用于小米手机及可穿戴产品、安防声视频等。作为最早引进培育的人才项目，嘉兴斯达半导体公司成为国内最大、全球领先的IGBT功率半导体芯片和模块研发制造企业，订单大幅增长，产值不断增加。在智能硬件生产方面，目前，仅闻泰通讯、德景电子两家企业的手机出货量，就占到了全省手机终端制造的6成以上。

作为嘉兴市首个人才创业创新一站式综合服务平台，智立方是南湖云创小镇的"客厅"，已有星耀南湖创新发展研究院、红船服务总联盟、嘉兴科技大市场、行政审批中心红色代办中心等机构入驻。如今，以南湖云创小镇为依托的嘉兴南湖电子信息（智能硬件）产业创新服务综合体已列入首批省级产业创新服务综合体创建名单；浙江省柔性电子制造业创新中心入选浙江省制造业创新中心创建名单；小镇范围内现有科创孵化场地

25万平方米，有国家、市级科技企业孵化器4个，省、市级众创空间3个；现有省级重点实验室2个，省级企业研究院3个，省级企业研发中心14个。其中，启迪之星被认定为省级众创空间，容亿科技中心被认定为市级科技企业孵化器。浙江清华长三角研究院牵头建立的美国波士顿海纳创新孵化中心、澳大利亚悉尼海纳孵化中心，分别入选首批省海外创新孵化中心创建与培育名单。

"这几年，南湖云创小镇围绕四大重点任务，即以科技创新为驱动，加快发展动力转换；以人才改革为契机，全面打造人才高地；以质量效益为中心，大力培育新兴产业；以配套建设为抓手，提升小镇双创和人居环境，聚焦新一代信息技术产业和人才创新创业，各类配套设施不断完善，示范效应开始明显体现。"时任嘉兴科技城管委会常务副主任童伟强说，"发展数字经济，打造数字智造高地，始终是南湖云创小镇工作任务之中心。"

如今，南湖云创小镇集聚了大量科技创新资源，为创新创业营造了良好环境，成为驱动南湖经济高质量发展的强大引擎。南湖云创小镇着力构建以智能硬件和集成电路为主的数字经济产业体系。

南湖云创小镇建设现状图

依托嘉兴科技城信息技术研发孵化优势，云创小镇突出"云创"主题，聚焦智能硬件、柔性电子、芯片等新一代信息技术产业领域，成为南湖区发展数字经济核心制造业的重要平台，已集聚数字经济直接关联企业500多家。闻泰通讯有限公司作为全区龙头企业，仅花了短短3年时间，公司产值就从100亿元跃超200亿元，企业出货量也连续多年在全球手机ODM行业中稳居前列。作为全国最大的手机ODM公司，闻泰通讯连续5年被列入中国电子信息产业百强企业名单。

南湖云创小镇所在的嘉兴科技城是长三角集成电路专委会牵头单位，数字经济、集成电路产业快速发展，已集聚恒拓、禾润、奥罗拉等10多家集成电路企业，覆盖设计、制造、封装、测试等领域。

2019年初，嘉兴科技城引进了总投资达110亿元的中晶大硅片项目，并成为南湖区首个省级特别重大产业项目。依托嘉兴科技城的科研创新优势，南湖云创小镇已陆续签约引进一批新一代信息技术、智能装备制造、物联网平台等项目，将进一步做大数字经济规模。

笃定前行，成果不凡，而新的行动已在进行中。

按照《浙江省人民政府关于加快特色小镇规划建设的指导意见》《嘉兴市人民政府关于加快市级特色小镇规划建设的指导意见》《南湖区人民政府关于加快特色小镇规划建设的实施意见》等文件精神，嘉兴科技城出台了《南湖云创小镇创建省级特色小镇三年行动计划（2019—2021）》（以下简称"行动计划"），争取通过3年创建，认真贯彻落实加快南湖云创小镇建设的各项措施，把南湖云创小镇建设成为产业"特而强"、功能"聚而合"、形态"小而美"、体制"活而新"的省级特色小镇。

南湖云创小镇创建工作的总体要求是：坚定不移地贯彻"创新、协调、绿色、开放、共享"的发展理念，依托浙江清华长三角研究院、浙江中科院应用技术研究院等大院名校创新平台，大力发展以智能硬件和集成电路为主导的数字经济产业，全力打造G60科创走廊重要节点、嘉兴科技城创新增长极。

根据行动计划可知，南湖云创小镇的重点任务，首先聚焦数字经济，实现产业"特而强"。其具体要求可分为3项。一是产业项目要更加聚焦数字经济。针对可开发用地少、发展空间受限的问题，将在"双招双引"源头上把好关，无论是剩余空地的出让，还是清华三期、中科院三期、平谦国际（嘉兴）现代产业园等平台，在接下来几年的招商中，都应引进与云创小镇产业定位高度相关的项目和企业。同时将对小镇范围内与数字经济关联度低且亩均产出小的低效用地进行腾退和二次招商。二是创新平台建设要更加注重带动辐射。继续引进高水平大院名校，建设一批新的研究机构，形成"2＋X"梯队。在这方面，尤其要加速浙江清华长三角研究院、浙江中科院应用技术研究院、浙江清华柔性电子技术研究院、浙江未来技术研究院等创新载体的建设和运营，深化"一院一园一基金"模式，加快数字经济领域科技成果转化和产业化。三是人才引育要更加注重"新四军"群体。始终坚持"人才带项目、项目育人才"的思路，大力引进"高精尖人才"和"紧缺型"人才，重点引进以大学生创业者、大企业高管及其他连续创业者、科技人员创业者、留学归国人员创业者为代表的"新四军"人才。

其次，加强配套建设，实现功能"聚而合"。其具体要求也可分为3项。一是建设一个特色商业街区。加强小镇商贸服务业态规划布局，规划建设一个特色商业街区，引进咖啡、餐饮、文化等一批高品质的商业服务品

066

牌。同时，优化小镇内部及与外部的交通连接，增加1—2个公共停车场。二是规划一条旅游主线。对照3A级旅游景区创建的要求，规划和建设游客集散、休闲、购物、体验的旅游功能设施，确定南湖云创小镇主入口并设立标志，打造一条具有产业特色的旅游主线。三是实行核心区网络全覆盖。加强小镇的智慧化建设，浙江清华长三角研究院、浙江中科院应用技术研究院、人才公园等核心区域免费Wi-Fi全覆盖，设立微信公众号，实时更新动态，并将小镇便民服务事项纳入其中，实行智慧化管理。

再次，注重生态建设，实现形态"小而美"。具体要求可分为3项：一是打造科创CBD，提升小镇风貌。结合特色小镇的要求，对局部的规划设计进行优化，提升小镇整体风貌。打造"一核二主"小镇形象。"一核"围绕"两院"板块打造科创CBD；"二主"打造两条科创印象主线，围绕亚太路广益路完善两路轴线的功能设施，提升环境品质。二是注重生态建设，倡导低碳生活。推动新能源汽车充电桩、光伏技术运用等低碳绿色发展领域在小镇实际运用。加强垃圾分类管理，实现公共场所整洁卫生，垃圾不落地。三是注重小镇宣传，提升形象魅力。在智立方增加小镇概况介绍、小镇宣传片、旅游服务等内容和功能。打造云创小镇VI体系，塑造独特的小镇形象。

最后，引入多元服务，实现体制"活而新"。具体要求可分为3项：一是围绕"最多跑一次"改革，完善智立方双创服务功能。以"前台综合受理、主动代跑代办、统一窗口出件"的服务模式，聚力打造集成高效的智立方双创服务综合体，推动小镇"最多跑一次"改革。二是创新投融资模式，推进投资建设多元化。用好科技城产业引导基金，引入更多社会资本参与创新创业企业股权投资。三是设立运营公司，推进公共服务市场化。由嘉兴科技城高新技术产业投资有限公司负责小镇运营，在创建过程中，投资公司要提前介入，提早谋划管理机构的设置，制定运营管理机制。

春光正好时，未来犹可期！

第四章

以新兴产业为突破口，
致力于做大做强

数字经济产业前沿"活水"的不断涌入，让数字经济发展始终保持强劲活力。

扩大规模和投入，不断增添重要力量，进一步完善产业体系。

坚持"六个引领"，着力打造微电子"万亩千亿"新产业平台，长三角区域微电子领域的产业发展新标杆。

一 应用高科技成果，数字经济迈向更高层次

稳扎稳打，步步推进，嘉兴科技城微电子产业已逐步形成软硬结合、上下联动的发展格局，成为全省乃至全国领先的信息经济发展示范区，并初步形成了辐射长三角的产业影响力。

一组数字令人振奋：

2020年，南湖区规上数字经济核心产业制造业增加值同比增长23.4％。与此同时，南湖区信息（数字）经济发展综合评价晋升至全省前十，保持全市第一，还成功获得全省实施数字经济"一号工程"点名激励。数字经济的快速发展，有力支撑了南湖区高质量发展，2020年南湖区拿下嘉兴市季度"互学互比互赛"流动红旗奖大满贯。

南湖区数字经济得以迅猛发展，最大的动因是在嘉兴科技城里一批行业"隐形冠军"正在崛起。2020年，闻泰通讯着手深耕5G领域，智能终端产品继续实现快速增长，并向芯片设计、笔记本电脑、物联网等领域拓展，不仅跑出了速度，更跑出了质量，出货量连续多年在全球手机ODM行业中稳居前列。

凭借拥有自主研发的全系列IGBT芯片、快恢复二极管芯片，嘉兴斯达

闻泰通讯股份有限公司

半导体股份有限公司克服进口依赖，成为疫情得以防控后，嘉兴市首批复工复产的企业之一，并于2020年初在A股主板成功上市。目前，这家从事功率半导体芯片和模块研发生产、销售的领军人才企业，已成为该行业全球十强中唯一一家中国企业。

除此，嘉兴科技城还集聚了博创科技、芯动科技、恒拓电子等一批重点集成电路企业，形成了集成电路研发设计、生产制造及封装测试的全产业链。依托清华柔性电子技术研究院等科研平台，建成了国内第一条柔性芯片封装实验线。

"到'十四五'末，构建起'1341'新型产业体系，是《中国制造2025南湖行动计划》的主体内容之一。这里的'1'主要是指以智能硬件为核心的新一代信息技术产业，即数字经济，将作为南湖区的主引擎产业，是基于南湖区电子信息产业良好的基础，以及浙江清华长三角研究院、浙江中科院应用技术研究院带来的高端要素的磁吸效应；'3'主要是指智能装备、生命健康、新型材料这三大战略性新兴产业，是南湖区着力打造的、动能强劲的制造业新增长点；'4'是指南湖区传统的化工、特钢、化纤、包装四大传统产业，南湖区将通过'机器换人''三名'工程、绿色节能、科技创新和产品升级，加快这四大产业的转型改造，让其"老枝发新芽"，打造成为省内领先的特色产业基地和循环经济示范基地；而最后的那个'1'，则是生产型服务业，比如说科技服务、金融服务、现代服务、电子商务、现代物流等生产型服务业，在整个产业体系中，它显然是不可缺少的。"南湖区经济信息商务局副局长俞培斌告诉笔者，"按照打造这一产业体系的目标，根据发展的实际情况，南湖区已把原先的四大产业集群，调整为五大产业集群，明确优势产业、主导产业，不断优化产业结构。"

毫无疑问，正在构建的"1341"新型产业体系中，无论是数字经济、智能装备，还是生命健康、新型材料，乃至符合产业所需的生产型服务业，都已表明南湖区和嘉兴科技城的产业结构即将发生重大变化，从原先的资源消耗型的劳动密集型产业，逐渐过渡到战略型新产业和科技含量比较高的科技型产业，数字经济产业将不容置疑地成为主角。

2020年7月9日，时任省委副书记、省长袁家军在主持召开省数字经济发展领导小组全体会议时强调，发展数字经济是省委省政府部署的基础性、战略性任务。要深入学习贯彻习近平总书记考察浙江重要讲话精神，特别是关于数字经济发展的重要论述，努力在危机中育新机、于变局中开新局，把数据作为重要生产要素，深入实施数字经济"一号工程"。要加快推进数字产业化，聚焦软件、数字安防、集成电路等领域，打造一批标志性产业链，做大做强特色产业集群，大力发展数字金融，谋划布局未来产业，以产业链为抓手打通国内循环。省委省政府对发展数字经济的重大部署，极大地提振了南湖区加快数字经济产业的信心和决心，也进一步明确了数字经济产业的发展方向。

"在全面实施数字经济'一号工程'方面，嘉兴科技城在南湖区无疑是走在前列的。坚持'数字产业化'和'产业数字化'协同发展，初步形成集成电路、智能硬件、柔性电子、AR/VR'四位一体'协同发展的产业格局，这是近几年嘉兴科技城数字经济发展的重要成果。"南湖区经济信息商务局局长周传根介绍，"数字表明，仅2020年，嘉兴科技城全年实现规上工业产值448亿元，增长9.6%，财政总收入达21.9亿元，完成固定资产投资66亿元，新增工业用地备案投资额达44.45亿元，新引进亿元以上备案内工业项目数9个。其中，正泰智慧产业园等产业投资项目28个正加快实施，普利特新材料等18个项目竣工投产。不俗的成绩，有相当一部分是由数字经济发展带来的。"

2019年11月，总投资25亿元的浙江博方嘉芯集成电路科技有限公司氮化镓射频及功率器件项目签约落户嘉兴科技城，并于2020年3月3日正式开工建设。

氮化镓属于第三代高大禁带宽度的半导体材料，能够被广泛应用于5G通信基站、智能移动终端、物联网、军工航天、数据中心等领域。氮化镓尚属于紧缺的芯片资源，目前国内需求基本依赖进口，博方嘉芯氮化镓射频及功率器件项目建设不仅对嘉兴科技城、南湖区数字经济发展意义重大，也为"中国芯"打造提供强劲助力。作为第三代半导体的"新宠"，氮化镓项目的加速推进，将推动嘉兴科技城新一代信息技术产业加速高质量发展，抢占集成电路产业"前沿高地"，为数字经济高地打造插上腾飞的翅膀。

"集聚集成电路企业、发展集成电路产业，是南湖区特别是嘉兴科技城的长期战略选择。"南湖区委书记、嘉兴科技城党工委书记朱苗介绍，嘉兴科技城所集聚的斯达半导体、博创科技、中晶半导体等一大批重点集成电路企业，已涵盖传感器、存储芯片、功能半导体等各个领域，形成了集成电路"设计、制造、封装、测试"的全产业链。

芯片是家电、全自动机械的"大脑"。在嘉兴科技城，半导体产业早已形成了"设计—制造—检验检测"这条完整的产业链，并拥有奥罗拉公司等芯片设计公司，恒拓、恩湃等封装测试公司，斯达半导体、禾润电子、芯动等一批芯片制造企业。重点发展基于移动互联网和5G网络的手机智能终端、移动通信产品、光通信及配套产品，闻泰通讯、德景电子、中易碳素、新力光电等智能硬件企业近年来保持高速增长。

这几年，浙江清华长三角研究院、浙江中科院应用技术研究院等一批科研平台的不断壮大，使嘉兴科技城数字经济"底气"更足。相继揭牌运行的浙江清华柔性电子技术研究院、浙江未来技术研究院，着眼打造成为中国柔性电子产业的技术策源地、全国虚拟现实与可视化产业集聚地，为嘉兴科技城数字经济走在行业前列注入了新动能。其中，柔电院依托冯雪教授团队，以"世界柔性电子看中国、中国柔性电子看浙江"为目标，完成数十项专利申请，完成申报省市公益研发计划和浙江省重点研发计划；未来院依托戴琼海院士和清华大学自动化系宽带网数字媒体实验室的科研成果，围绕"未来媒体、未来智能、未来生命"，建成工程中心3个，完成10多项专利申请，引进一批产业项目。

数字经济产业前沿"活水"的不断涌入，让嘉兴科技城数字经济发展始终保持着强劲的活力。2020年3月9日，浙江省2019年领域分行业亩均效益领跑者名单正式发布，在全省制造业亩均效益领跑企业数字经济20强中，嘉兴科技城辖区的闻泰通讯股份有限公司和天通精电新科技有限公司成功入列，代表了南湖区数字经济的实力。2020年初公布的《2019浙江省数字经济发展综合评价报告》显示，南湖区数字经济综合实力由上一年的全省第11位升至第10位，依然排在嘉兴市首位。

2021年4月22日，长三角双创示范基地联盟集成电路专业委员会第一届会员大会暨长三角集成电路产业发展研讨会在嘉兴科技城·智立方举行。长三角区域集成电路行业"大咖"齐聚一堂，围绕集成电路产业进行演讲、成果发布、创新沙龙交流等，通过资源共享、协同创新创业，推动长三角区域集成电路产业高质量发展。

作为长三角双创示范基地联盟集成电路专业委员会的牵头单位，嘉兴南湖高新技术产业园区（嘉兴科技城）在此次活动中备受瞩目，特别是其核心区域嘉兴科技城已形成以"半导体关键原材料、半导体器件设计制造封测、智能终端应用"为特色的集成电路产业链。

"此次专委会的成立，实现了长三角区域资源共享、人才互动交流，助推了长三角区域内产业协作。"嘉兴科技城科技产业和经济发展局副局长王佳栋说，"今后，将通过专委会平台，进一步推动各企业、高校与区域内相关集成电路企业整合资源，为科技城重点打造的南湖微电子产业平台提供更多的产业协同发展资源、人才培养和服务的智力支撑。"

抢占集成电路"前沿高地"，奏响"芯"时代的奋进强音。嘉兴科技城落实南湖区数字经济"一号工程"战略，稳扎稳打，步步推进，使得嘉兴科技城经济加速向高质量迈进。如今，嘉兴科技城新一代数字信息技术产业已逐步形成软硬结合、上下联动的发展格局，成为全省乃至全国领先的信息经济发展示范区，并初步形成了辐射长三角的产业影响力。

二 完善产业体系，促进有效投资

以微电子、智能装备、生物医药三大产业为主导的产业体系正在嘉兴科技城迅速发展集聚，一个生气勃勃的科技创新"智造"基地不断刷新着数据。

微电子产业能级较高、科技要素较为集聚，是一个具有基础性和战略性意义的先导产业。不断壮大微电子产业，大力构建新型产业体系，符合嘉兴科技城自身特点，有利于嘉兴科技城整体经济的高质量发展。经过近几年的发展，微电子产业已成为嘉兴科技城的一大支柱产业，拥有"万亩千亿"产业平台，拥有闻泰通讯、中晶半导体、赛思电子、博创科技等优质企业，创新链、产业链、资金链在这里相通共融，形成了良好的产业生态圈。

中晶（嘉兴）半导体有限公司从上海奉贤引进，由南湖区与上海康峰投资管理有限公司签署项目投资协议和定向基金协议，于2019年1月签约落户嘉兴科技城。它是南湖区引进的首个百亿产业项目，也是南湖微电子

产业平台的首个标志性项目，计划总投资110亿元。该项目创造了签约后39天就开工的"南湖速度"。

中晶半导体项目总用地为221亩，总建筑面积达11.5万平方米，建设工期为2019—2024年。新建拉晶厂房、抛光打磨厂房、综合楼等，购置硅片晶体检测及分析、拉晶炉、切磨抛光、清洗等生产检测设备等。该公司建成后将年产480万片300 mm硅片等电子专用材料，将打破德国、日本长期垄断地位，并实现年产值100亿元、税收超10亿元。目前，该项目已成功入列2019年度浙江省第一批特别重大产业项目，成为南湖区第一个获此殊荣的项目。

浙江赛思电子科技有限公司总部坐落于嘉兴科技城，其研发和销售中心位于北京CBD商业区，另设有南京

2019年1月19日，年产480万片300 mm大硅片项目签约落户嘉兴科技城

分公司、武汉及深圳研发分部。公司是由省政府重点引进的高科技企业，为国家科技部重点扶持的国家高新技术企业，专注于时间＆频率系统解决方案的研制、生产和销售，为各行业提供各类时间、频率基准，涉及的领域有通信、电力、轨道交通、金融商业、医疗和特殊应用等行业。2020年研发了国内首款北斗高精度、高性能时钟同步芯片，首次实现了北斗高精度芯片国产化。

不少人都有这个体验：地铁行驶时，在很多车站的停车时间都不到一分钟，且发车都非常准时，对时间精准度的控制要求极高，这就离不开先进的时钟系统。手机里的定位、导航

等也离不开时钟系统，因为需要确保所有移动基站都在同一时间、同一频率。赛思电子正是一家提供时钟系统的高科技企业。赛思电子的科创实力非常强劲，公司带头人许文本科毕业于浙江大学，留美双硕士，自2009年起，担任美国NASDAQ上市公司Symmetricom（世界高端时钟系统行业领军企业）总监，创办了中国研发中心并兼任大中华区总经理，全面负责公司的各种时频产品的开发销售工作，任职期间参与指导了为中国移动定制的PTP授时产品的设计开发工程，产品获得中国移动的技术评估最高分。

氮化镓属于第三代半导体材料，

也是国内紧缺的芯片资源。总投资为25亿元的浙江博方嘉芯集成电路科技有限公司氮化镓射频及功率器件项目，不仅对嘉兴科技城、南湖区数字经济的发展意义重大，也将为打造"中国芯"提供强劲动力。2020年3月3日，该项目正式开工建设，占地111.35亩。该项目是第三代半导体材料示范项目，也是嘉兴南湖微电子产业平台的第二个标志性项目，全部达产后预计可实现年销售30亿元以上，于2020年11月已被列为2020年度浙江省第一批重大龙头产业项目。

近年来，嘉兴南湖微电子产业平台围绕半导体关键原材料制造，半导体器件设计、制造和封测，智能终端研发生产应用这条产业链，紧盯标志性项目不放松，克服新冠肺炎疫情带来的不利影响，采用"云对话""云洽谈"和"云签约"，确保项目招引"不断链"。仅2020年，共引进标志性项目7个，累计拥有标志性项目9个，博方氮化镓项目等2个项目成功入列浙江省重大龙头示范项目。

嘉兴科技城进一步加大了对微电子这一地标产业的打造，不断提升该产业的集聚度，延伸产业链。在引进总投资为25亿元的博方嘉芯氮化镓射频及功率器件项目的基础上，2020年7月，嘉兴科技城又引进了总投资

为10亿元的集成电路先进封测及智能传感器研发生产项目，为嘉兴南湖微电子产业平台再添新成员。

而在科创平台建设引进上，嘉兴科技城也是举措频频。2020年9月7日，嘉兴科技城又与中国计量大学牵手，成立了中国计量大学南湖光电技术创新中心，重点围绕光电材料与器件等领域，以科研成果转化为导向，引进和培育一批光电材料与器件方面的高层次人才和产业化项目，搭建中国计量大学优势专业和人才的产学研平台及创新创业基地。

智能装备产业引领制造业跃升，成为嘉兴科技城这几年发展的又一大飞跃。如今，嘉兴科技城以汽车零部件、自动化设备、电气设备、成套设备为主，已拥有包括闻泰通讯、加西贝拉在内的54家的规上企业。

嘉兴华岭机电设备有限公司主要研发用于数控机床、半导体设备、液晶制造、LED制造设备相关的关键核心功能部件，其研发的"数控机床用FW系列高精度大推力直线电机"获得了国家重大技术装备首台（套）认定。

成立于2016年的浙江凯乐士科技有限公司，专注于智能穿梭车、高速提升机、智能物流搬运机器人（AGV）等高端物流设备的研发、生

产和销售，提供智能化物流仓库和物流自动化解决方案，能为第三方物流、制造、快递、3C电商等各种行业提供一站式服务。

"自从2016年在嘉兴科技城起步以来，我们公司业绩已提高了18倍。公司取得的成绩与南湖区、嘉兴科技城的务实政务服务，以及产业上下游配套等密不可分。所以在2020年，我们就决定把凯乐士高端物流装备及机器人研发生产项目落户在嘉兴科技城。"公司董事长谷春光说，"嘉兴科技城良好的科创环境，无疑是智能装备产业企业梦寐以求的。"

除了传统制造业更"智能"外，嘉兴科技城更提早谋篇布局，主动抢抓5G、人工智能、工业互联网、大数据等新兴产业大发展的历史机遇，集聚了一批与人工智能相关的高端企业和高端人才，为人工智能产业发展奠定了良好的基础。近年来新引进的浙江未来技术研究院将重点攻坚科研成果转化，未来媒体、未来智能、未来生命成为研究院主要的产业化方向。嘉兴区块链技术研究院主攻数字网络安全、人工智能、物联网、金融创新、人才培训等领域，开展相关的技术开发、技术服务、技术培训和成果转化等。

2021年3月22日上午，嘉兴微创园研发楼项目开工。该项目总投资预计达20亿元，建成后嘉兴微创园产量将是目前的数倍。

微创医疗是中国领先的创新型高

浙江凯乐士科技有限公司高端物流装备

端医疗器械集团，也是中国高端植介入医疗器械领域的先行者、拓荒者。其投资的嘉兴微创园于2015年落户嘉兴科技城，一期已建成5.5万平方米的厂房及配套设施，并已有脉通医疗、优通医疗、龙脉医疗、明悦医疗、医美科技等5家子公司。2020年，微创医疗成为南湖区生物医药领域的领军型企业。

生物医药产业是嘉兴科技城三大主导产业布局中的重要部分。开工建设的嘉兴微创园二期，主要包括研发楼及生产厂房，计划新建一幢高度为97.6米的研发大楼，其主体为多层次、多梯度的生产研发空间及工艺配套区。该项目建筑面积约24.5万平方米，加上已建成项目，整个园区总建筑面积将达到30万平方米。根据批准的设计方案，该项目固定资产建设投资约12亿元，加上设备投资、装修投资等预计将达到20亿元。全部投用后，园区预计总员工数约5000人，园区整体落成后的产量将是当前的数倍，其经济效益相当可观。与此同时，还将带动一大批与医疗器械相关的上下游产业协同发展。

生机无限的生物医药产业，是嘉兴科技城这几年另一个发展增长极。2020年，新冠肺炎疫情之下，南湖区通过"云签约"连续引进的两大百亿产业项目，都来自生命医药产业，其中于2020年2月落户嘉兴科技城、总投资达105.8亿元的亚瑟医药高端制剂研发及产业化项目令人瞩目。该项目专注于高端药物的开发、生产和销售，目前一期项目新建注射剂、原料药、固体制剂、分析中心等多个研发中心，及年产300万支的小型注射剂生产车间，形成可开发上百种共性技术的药品孵化平台。总投资达15亿美元的和剂药业，致力于创新药研发及产业化，也于2020年4月落户嘉兴科技城，致力于打造中国一流创新药企业。这两大百亿项目的到来，为嘉兴科技城生命健康产业的发展注入了强劲的动力。

同时，嘉兴科技城在医疗器械、医学检测等领域，也已集聚了一批业内领先的企业。如浙江隐齿丽医学技术有限公司是中国唯一拥有智能制造全生态链的隐形矫治器生产基地，自主研发出国内第一套可用于个性化定制式隐形正畸矫治器的生产作业设备和工业生产ERP系统，并实现规模化生产。又如嘉兴凯实生物科技有限公司是国内第三方仪器研发和制造领域的先行者，跻身全国同行业前列。另外，嘉兴允英医学检验有限公司是国内肿瘤精准医学的倡导者，是由国内最早开展

2020年4月30日，安家药业项目签约
落户嘉兴科技城

液体活检开发和应用的高新技术企业。它们均已落户嘉兴科技城。

"南湖区以嘉兴科技城为主平台，把生命健康产业作为全区现代产业体系的重要一环，利用G60科创走廊关键节点的区位优势和生物医药的基础优势，将生命健康产业作为发展新'窗口'，重点聚焦发展以生物制药、医疗器械、医学检测、临床医药数据分析为主的生物医药前沿产业，规划建设的园区已被列入嘉兴市高能级产业生态园之一。"南湖区发展和改革局局长江军介绍说，"迄今，嘉兴科技城已拥有生物医药产业企业100余家。"

一流的科创平台，一流的双创环境，矗立起一座现代化的产业新城。"星垂平野阔，月涌大江流。"（唐·杜甫）乘长三角一体化之东风，在实现"十四五"发展目标的黄金期，嘉兴科技城三大主导产业发展，前途不可限量。

三 "万亩千亿"，新产业平台在崛起

聚焦发展半导体原材料（硅片）制造、半导体器件设计和封测、智能终端研发生产应用协同发展的数字经济，围绕"打造全产业链的微电子产业平台"等三大目标，着力打造微电子"万亩千亿"新产业平台。

2019年春节前夕，浙江省发改委公布第二批浙江省"万亩千亿"新产业平台培育名单，位于嘉兴科技城的嘉兴南湖微电子产业平台名列其中，成为6个新产业培育平台中的一员。由此可知，嘉兴科技城将在新产业平台上，以更高站位全速加快微电子产业发展，打造全省数字经济高地。

同年5月，嘉兴南湖高新技术产业园区（嘉兴科技城）荣获国务院办公厅督查激励，表彰其在推动双创战略升级中所取得的积极成效。此次获得该项奖励的双创示范基地，全国仅有14个。

南湖云创小镇连续2年获得省级培育类特色小镇考核优秀等次，成功入列浙江省特色小镇第五批创建名单；南湖高新技术产业园区（嘉兴科技城），成为长三角双创示范基地集成电路专业委员会的牵头单位。

南湖高新技术产业园区（嘉兴科技城）在全省44个省级高新区考核中排名大幅提升，首次进入全省十强。

也是在2019年，嘉兴科技城获得了举办当年度"创响中国"长三角联盟首站暨"世界创意创新日"活动资格，成功发布南湖"双创"品牌——创翼南湖。在全国双创活动嘉兴分会场周暨集成电路产业论坛活动中，长三角双创示范基地联盟集成电路专业委员会正式揭牌，一批创新创业成果得到重点展示。

2020年11月，第十届中国智能产业高峰论坛在嘉兴科技城举行，多名院士和逾百名人工智能精英会聚于此。作为 G60 科创走廊上的重要节点,嘉兴科技城抢占"智高点",搭建微电子产业平台,大力发展智能装备产业,打造产业新优势,推动制造业蝶变跃升。

通过建设"万亩千亿"新产业平台,整合区域产业链、创新链、资金链,推进一批标志性项目,培育一批领军型企业,实施一批支撑性工程,打造全产业链的微电子产业平台,加速产业向高端迈进。数字显示,2020年全年,嘉兴科技城工业总产值达448 亿元,其中微电子产业为 224 亿元,智能装备产业为 112 亿元,生物医药产业为 91 亿元。

"嘉兴科技城以重大产业+科技服务业为主,近年来根据产业定位开展项目精准招引,优势日益明显。依托'科研+产业'发展优势,如今已构建起了'微电子、智能装备、生物医药'三大主导产业发展体系,发展势头看好。"嘉兴科技城党工委副书记曹建弟说,"从 2021 年起,嘉兴科技城将进一步围绕三大主导产业,强化现代服务业支撑,继续努力打造一流科创产业新城。"

什么是"万亩千亿"新产业平台?它是指面向重量级未来产业、万亩空间左右、千亿产出以上的产业平台。在产业定位上,聚焦重量级未来产业,包括数字经济核心领域、智能装备、航空航天装备、高端生物医药、前沿材料等五大重点方向 40 余个细分领域。在规划空间上,要求万亩左右,以充分保障重大项目落地的用地需求。在产出效应上,每个新产业平台未来实现"千亿产出以上",主导产业比重超过 80%,形成新产业集聚发展的高地。

按照省发展和改革委员会的介绍,浙江省力争到 2022 年完成"万亩千亿"新产业平台建设,将实现创新要素高度集聚、配套体系更加完善、对外开放显著扩大,建设 10—15个"万亩千亿"新产业平台;到 2025年,建成一批具有核心竞争力的"万亩千亿"新产业平台,形成一批行业领军企业,打造具有国际竞争力的产业集群。

近年来,在长三角一体化发展国家战略和嘉兴全面接轨上海首位战略的历史机遇下,南湖微电子产业平台聚焦发展半导体原材料(硅片)制造、半导体器件设计和封测、智能终端研发生产应用协同发展的数字经济,围绕"打造全产业链的微电子产业平台,成为长三角微电子产业化与应用示范区、全球重要的微电子产业高地"目标,着力打造微电子"万亩千亿"新产业平台。

为全速推进嘉兴南湖微电子产业平台建设，南湖区专门成立了以区委书记、区长为组长的南湖微电子产业平台领导小组，成立了南湖微电子产业园管委会，组建工作专班，一办五中心按实运作。嘉兴科技城坚持"六个引领"，即组织引领、项目引领、科技引领、人才引领、企业引领和政策引领。根据《嘉兴南湖微电子产业平台发展规划》，制定了《关于加快推进嘉兴南湖微电子产业平台建设的实施意见》和《2020年嘉兴南湖微电子产业平台工作任务清单》，进一步明确和细化了平台建设的阶段性目标和年度工作任务，为平台的建设和发展提供了强有力的组织保障。

进入2020年以来，也就是南湖微电子产业平台刚刚列入省"万亩千亿"新产业平台培育名单之时，一场突如其来的新冠肺炎疫情袭来，严重冲击了颇显平稳的经济发展形势。然而，南湖区和嘉兴科技城一手抓疫情防控，一手抓招商引资，切实保障疫情期间招商力度不减弱、项目推动不停滞、服务企业不松劲。他们探索"云招商"模式，以电话、微信、视频会议等形式，实现跨区域交流，推进一批标志性项目签约落地建设，并为"后疫情"时代科技城招商引资注入持续动力。

2020年，嘉兴科技城通过"百亿项目引领""百亿产业壮大""百亿平台提升"等专项行动，加快推动百亿产业集群发展，推动产业链延链、补链、强链，努力打造富有特色的标志性产业。通过努力，目前，南湖微电子产业平台已成功引进微电子产业总投资百亿项目1个，集聚微电子产业链企业近120家，标志性龙头企业35家，其中有省级企业研究院5家、重点实验室（工程技术研究中心）10个和省级研发中心17家。

目前，南湖微电子产业平台拥有嘉兴集成电路设计实验室、集成光器件研究院、模拟集成电路研究开发中心等半导体领域公共研发机构和企业研发中心26家，这些科研机构将极大地促进嘉兴南湖微电子产业平台第三代半导体产业的发展。而在产业集聚方面，仅2020年建设的项目中，就有制作芯片原材料的中晶及氮化镓、年产芯动科技敏感芯片、恒拓芯片封装等项目，产业集聚度加速提升，全产业链格局已现雏形，产业链上下游协同效应明显。

另外，浙江中科院应用技术研究院已在牵头建设面向新一代半导体薄膜材料制备技术的装备与器件技术服务公共平台；园区内集成电路企业正在联合共建集成电路测试公共实验室。

南湖微电子产业平台还充分发挥柔电院、未来院、上大研究院等创新载体，积极推进工程中心和实验室建设，通过项目合作、联合研发等方式，引进了一批国内外一流的科学家和技术专家。通过"走出去，请进来"，加码人才项目引进力度，斯达半导体、芯动科技等微电子产业项目都建立了由国家领军人才领衔的高层次人才团队。2020年，平台专门派员，赴北京、上海、杭州、苏州、威海、天津等地招才引智18次，对接项目100多个。举办全市首个高层次人才项目集中云签约专场活动，9个涉及5G通信、区块链等热门领域的高端人才项目签约落户。

与此同时，南湖微电子产业平台还积极搭建"人才＋资本＋产业"的线上对接平台，2020年上半年成功举办了多场集成电路相关领域路演活动，以及12场产业项目投融资及产业发展对接会，共同探讨地方集成电路产业的发展走向及未来发展前景，共计有13个项目在实质性对接的基础上达成初步合作意向，现场签订合作意向协议。

为切实有效地支持微电子产业的快速发展，南湖区和嘉兴科技城结合本地实际，特别制定了支持微电子产业发展的相关政策。政策从引进培育项目、发展壮大产业、支持研发创新、创新金融扶持4个方面着手，设立专项政策，给予微电子产业领域相关的企业单位、研发机构、高校院所、第三方机构等组织机构资金奖励及补贴支持。对于特别重大产业项目，经认定后给予"一事一议"的综合扶持政策。

同时，设立规模达5亿元的南湖区微电子发展专项基金，鼓励民间资本参与投资专项基金，主要用于微电子产业重大重点投资项目的引进，着力引进投资规模大、带动能力强、辐射范围广的重大龙头项目，着力引进支撑作用大、科技含量高、填补产业链空白的核心关键环节项目。

嘉兴科技城深入贯彻落实省委、省政府建设"万亩千亿"新产业平台的重大战略部署，持续主动发力、对标对表推进，努力把嘉兴南湖微电子产业平台打造成为长三角区域微电子领域的产业发展新标杆。通过"万亩千亿"新产业平台建设，嘉兴南湖微电子产业平台将成为经济高质量发展的一个强力引擎，有力地推动南湖区微电子产业发展，助力打造数字经济高地。

2021年1月18日下午，嘉兴市知

识产权保护中心揭牌仪式在嘉兴科技城举行，嘉兴市委书记张兵、中国知识产权研究会理事长田力普共同揭牌。由此，南湖微电子"万亩千亿"新产业平台又多了一处知识产权保护机构，也意味着嘉兴市及南湖区众多科创领域新产业企业有了知识产权"保护神"。

嘉兴市知识产权保护中心于2020年4月经嘉兴市编办批复设立，由嘉兴市、南湖区共建，选址南湖微电子产业平台天通加速器，面积为2272平方米，于2020年10月正式对外运营。该中心将实现知识产权"一站受理、一网通办、一地咨询"，为企业提供知识产权快速协同保护的全链条式服务，大幅缩短专利授权周期，从而有效发挥知识产权对产业发展和科技创新的支撑和促进作用。

2019年11月，中共中央办公厅、国务院办公厅联合印发《关于强化知识产权保护的意见》，明确提出要加快知识产权保护机构建设，在优势产业集聚区布局建设一批知识产权保护中心。嘉兴市知识产权保护中心成立后，下一步将申报创建国家知识产权保护中心，申请成功后，将会拥有一条专利快速预审通道，以发明专利为例，通过快速通道可以将原先2—3年的审查周期缩短为3—6个月，这

对微电子企业来说是个利好消息。

该知识产权保护中心成立后，已吸引了10余家知识产权服务机构进驻，为企业提供专利商标代理注册、法律咨询、金融服务等专业服务。

2020年7月23日，拾贝知识产权创新中心项目作为平台又一重点项目，在嘉兴科技城完成签约。

杭州拾贝知识产权服务有限公司是一家以大数据、人工智能、区块链等技术为支撑，通过创立知识产权社会共治立体保护体系，运营知识产权互联网服务平台（拾贝网）、电商社交媒体平台，提供知识产权与质量风控平台服务和知识产权产业转化，并可为国际高端知识产权授权许可、交易提供专业的服务，包括为产业及中小企业提供确权、维权和用权的基础服务，推动中小企业转型升级。

该项目落地嘉兴科技城，全面实施运营后，将形成以有自主知识产权的三维成像、微型投影仪、智能AI教育、智能短交通等智能电子产品及工业物联网应用产业规模。项目自运营之日起5年内，将引进至少8家相关产业链上下游企业，打造基于产品设计、性能测试、技术开发、模具设计与制造、物联网应用等的全球智能创新研发中心，涉及电池、电机、控制器等全产业链的研发及销售。

在"万亩千亿"新产业平台上所发生的动人故事还在继续进行。2021年4月，浙江省发展和改革委员会下发通知，南湖微电子产业平台被列为数字政府产业发展应用"万亩千亿"新产业平台场景试点单位，嘉兴市仅2家入选，南湖微电子产业平台斩获其一，殊为不易，也意味着它拥有更广阔的发展前景。

"孵化一批，加速一批，壮大一批，上市一批"，这个标准严苛、步骤明确的"四个一批"计划，是嘉兴南湖微电子产业平台发展壮大的主要路径。发力项目招商，加快项目推进，完善平台建设，重点扶持技术领先、市场应用前景广阔的优势企业，进一步提升微电子产业规模，强化重大基础设施和重大服务设施项目的谋划和推进，不断提升南湖微电子产业平台的整体形象和服务配套能力及水平，一个高质量发展的新产业标杆平台正在崛起。

2020年7月23日，拾贝知识产权创新中心项目签约落户嘉兴科技城

第五章

人才引育，打开智者
高飞的翅膀

> 发挥"人才改革试验区"优势，引进顶尖人才，为关键性技术落地、成果转化和产业化提供良好的生态环境。
>
> 让人才在没有后顾之忧的状态下，施展才华，实现梦想。
>
> 在全国和全省率先成立人才服务局，形成良好的人才引育、集聚机制。

一 产业集聚人才、人才引领产业的发展链

平台集聚人才，人才带动项目，项目推动产业，创业创新在嘉兴科技城形成良性循环态势。聚才引智实现新突破，平台载体迈上新台阶，人才效能激发全新活力，如今的嘉兴科技城已成为嘉兴市人才密度最高的区域。

2020年10月29日，在第五届"中国创新挑战赛（浙江）暨2020年浙江省技术需求'张榜招贤'大赛"的生物医药行业和新材料行业两场现场赛上，经过激烈角逐，最终，上海大学（浙江·嘉兴）新兴产业研究院团队、上海大学团队、新昌中国计量大学企业创新研究院有限公司团队分别斩获新材料行业现场赛上各自挑战项目的桂冠，与企业完成技术对接签约。

而在10月23日举行的首届"'青鸿鹄'长三角数字经济创业创新大赛"上，嘉兴区块链技术研究院执行院长胡创悦领衔的"基于区块链技术的农业供应链金融平台"项目获二等奖。"基于区块链技术的农业供应链金融平台"项目将改变原有农业信贷

逻辑，由农业担保公司作为尽调主体，银行作为资金方的角色介入，搭建风控体系，增加风控能动性，建立农业主体信用画像，有效解决农业贷款融资难、融资贵问题。此方案具有相当的前瞻性和独创性。

人才成长离不开一个良好的政务、市场和生活环境。近年来，南湖区和嘉兴科技城深耕人才工作，突出"引、育、留、用"4个字，积极打造热带雨林式的人才发展生态，聚才引智实现新突破，平台载体迈上新台阶，人才效能激发全新活力。与此同时，适时推出人才引进的种种优惠政策，持续打造人才创业创新最优生态，吸引了越来越多国家级、省级高端人才集聚，一批院士以上的顶尖人才汇聚。如今，嘉兴科技城已成为嘉兴市人才密度最高的区域。

2019年5月，国务院办公厅发布《关于对2018年落实有关重大政策措施真抓实干成效明显地方予以督查激励的通报》，嘉兴南湖高新技术产业园区（嘉兴科技城）被点名表扬，高度肯定其在推动"双创"政策落地、扶持"双创"支撑平台、构建"双创"发展生态、打造"双创"升级版等方面大胆探索、勇于尝试，成效明显。嘉兴科技城成为全国14家被点名表扬的"双创"示范基地之一。国务

院给予的通报表扬，自然来之不易，嘉兴科技城之所以能在全国"双创"示范基地中脱颖而出，获得国务院点赞，无疑是因为嘉兴科技城拥有强大的"双创"实力和"双创"人才优势。

2021年4月8日上午，以"智汇南湖·创享未来"为主题的2021南湖人才嘉年华活动启动仪式在嘉兴科技城·智立方举行，南湖区从政府、金融机构、社会资本等多个维度为人才提供"大礼包"，通过金融赋能、服务迭代等方式，助力打造新时代科创人才高地。

"政府补一点，助人才起好步。"借助本次活动，南湖区为人才送出"真金白银"大礼包，集中拨付了领军人才项目补助资金。浙江未来技术研究院等5家单位的项目获得补助。

"基金投一点，让人才行好路。"基金引才、基金惠企一直是南湖区的特色优势。南湖区在基金小镇的基础上，再次推出重大举措，成立了全市首支人才创业创新投资基金，金额高达2.64亿元。

"银行贷一点，让人才不停步。"现场还举行了融资服务合作协议签订仪式，3家企业成为首批签约授信对象。2021年，南湖区突出金融为人才赋能，不断创新金融服务产品，为广

大创业人才提供金融扶持。为进一步缓解科技型、人才型企业融资难、担保难、融资贵的困境，南湖区在嘉兴市率先推出了总金额达 2 亿元的科技型、人才型企业保证保险试点产品，创新银行、担保、保险三方风险共担的合作模式，为区内企业提供更好的融资服务。

为持续加大海内外高层次人才集聚力度，2020 年，南湖区开展了"双招双引"争夺赛，不断探索人才项目"快评"机制，加快人才项目的落地步伐。为加强人才智库建设，南湖区专门成立了人才科技专家咨询委员会暨"领航计划"评审专家库，首批专家委员共 30 位。与此同时，"候鸟"人才工作站也已建立。

"嘉兴科技城作为国家双创示范基地，下一步将继续秉承姓'科'的发展理念，围绕建设嘉兴'创新要素集聚区、科技创新策源地、产城融合样板区、智慧城市新引擎'的发展定位，打造好红船旁的科技城。"2019 年"创响中国"长三角联盟首站活动在南湖区举行，引育优秀人才成为活动的热议话题。嘉兴科技城管理委员会副主任杨玲珠在这场活动举办时表示，深化"一院一园一基金"引才合作模式，集聚科研人才、科研资源，大力推动创新创业，是落实"创响新时代，融入一体化"的题中应有之义。

在嘉兴科技城，"一院一园一基金"引才模式在"引进一个顶尖人才，带来一个高端团队"的实践中得以创新。所谓"一院一园一基金"的引才模式，指建立一个研究院，成立一个相关产业园，创立一个有政府参与的产业基金，融技术链、产业链、资金链为一体，有力推进高端产业发展。

嘉兴科技城管理委员会副主任杨玲珠认为，引进高端人才与创造良好的人才环境有着极其密切的关系。对此，嘉兴科技城的主要方法有：一是继续深化"一院一园一基金"合作模式，通过"引平台、育人才、强产业"，着力推动科技创新能力升级；二是加快"清华"三期、科技城加速器等创新平台的建设，加大双创平台承载能力；三是不断完善"引投贷保融"五位一体的科技金融服务体系建设，在创投基金（人才和产业）、科技保险、人才银行等方面进行全方位金融配套，推动双创科技金融服务升级；四是在智立方设立综合窗口实行"无差别"受理，实现人才及企业"进一扇门、取一个号、跑一个窗、办所有事"，实现高效率的"最多跑一次"，推动双创配套服务升级。

科创平台和高端人才能否顺利引进，关系着南湖区能否实现高质量快速发展，关系着这颗沪嘉杭 G60 科创走廊明珠能否更加炫目闪亮。近年来，嘉兴科技城以"院"为支撑，构建科技成果转化技术链，充分发挥嘉兴科技城"人才改革试验区"的优势，以"院地联姻"推进创新载体建设，为顶尖人才带来的关键性技术落地、成果转化和产业化提供良好的生态环境。浙江未来技术研究院、浙江清华柔性电子技术研究院、上海大学（浙江·嘉兴）新兴产业研究院自相继正式运作以来，已建立各类研究所或研究中心 15 个，引进项目近 40 个。

以"园"为载体，构建全生命周期产业链。重视产业链上下游整体规划和产业项目引入，有针对性地引入相匹配的人才，形成产业集聚人才、人才引领产业的融合发展链。

以"基金"扶持，构建创新创业资金链。遵循"有效市场"的客观规律，正确发挥"有为政府"的积极作用，设立专项基金，为产业研究、转化、投资、引导、并购等业务注入资金支持，强化金融资本对产业发展的培育作用。目前已在运作的基金有 3 种模式，分别是由政府组建的总规模达 10 亿元的嘉兴科技城产业投资基金，由嘉兴科技城牵头、与容亿基金合作成立的总规模达 5 亿元的容江基金，由浙江清华长三角研究院发起、政府

浙江清华柔性电子技术研究院

参与成立的首期规模达10亿元的紫旌母基金。

2019年4月，浙江嘉兴外国高端人才创新集聚区揭牌仪式在嘉兴科技城举行，省外国专家局与嘉兴科技城签署"共建外国高端人才创新集聚区"战略合作协议，嘉兴科技城是浙江省第二个、嘉兴市唯一的外国高端人才创新集聚区。

同年9月下旬，2019中国浙江"星耀南湖·长三角精英峰会"外国高端人才"嘉兴行"活动在嘉兴科技城·智立方开展。非洲科学院院士柯兰·马斯敏仁瓦、南非皇家科学院院士艾斯塔·万·希尔登现场签约浙江嘉兴外国高端人才创新集聚区（嘉兴科技城）。在此次活动上，嘉兴科技城共签约引进了1个院士专家领衔的产业化项目和4名外国院士。

陆军、刘合、孙启彬等3位院士入驻"南湖院士之家"，一大批国内外人工智能领域的精英齐聚南湖；图灵奖获得者惠特菲尔德·迪菲领衔团队在嘉兴科技城建立嘉兴区块链技术研究院……世界级的科技领军团队的加入，让嘉兴科技城人才高地建设刷出国际范。

南湖区19家院士专家工作站，无论是国家级、省级还是市级的，都坚持"政产学研用"发展之路，长期致力于高水平前沿研究、科技成果转化等工作，加强成果孵化培育，推进优秀科技成果转移到企业、服务于企业，助推企业技术升级，助力南湖经济的高质量发展。2019年成立的上海大学（浙江·嘉兴）新兴产业研究院院士专家工作站侧重新材料研究领域，已先后引进3位外籍院士，在开展科学研究、人才培养和成果转化等方面成果丰硕。

嘉兴科技城内高精尖人才已呈井喷之势，已集聚院士及以上顶尖人才18人，数量列嘉兴市第一。仅2020年，新引进顶尖人才11人（累计34人），引育国家级领军人才29人（累计102人）、省级领军人才10人（累计60人）。成功引进院士4人，引进省级以上引才计划人才17人（国家引才计划10人、省引才计划7人）。同时，嘉兴科技城已建立起省市重点实验室14个，各类研究所、工程中心21个，与1500多家企业建立了产学研合作，开创了"政产学研金介用"一体化的"北斗七星"创新体系。

同时，嘉兴科技城还建立起了"1+2"人才申报推进机制，成功举办第一届外国顶尖人才认定评审会，认定加拿大"两院"院士等外国顶尖人才5名；省"鲲鹏计划"等多项工作实现全市"零的突破"；深化浙江南湖人才创业园、外国高端人才创新集聚区建设,让人才有干事创业、施展才华的环境;注重数字赋能,在全省首推"人才e点通"和"人才码"。嘉兴科技城先后被认定为浙江省海外高层次人才创新创业基地、浙江省留学人员创业园、嘉兴市人才改革试验区,是全省唯一的首批国家级专家服务基地。

"人既尽其才,则百事俱举;百事举矣,则富强不足谋也。"(孙中山)

平台集聚人才,人才带动项目,项目推动产业,创业创新在嘉兴科技城形成良性循环态势,推进了以科技服务业为重点,以微电子、智能装备、生物医药为主导的具有国际竞争力的产业体系。随着长三角一体化战略提升为国家战略,嘉兴科技城迎来了重要机遇期,明确了成为长三角创新要素集聚区、科技创新策源地、产城融合样板区的发展定位。人才的重要性怎么强调都不为过,以优质人才服务,全方位提升聚才、留才、用人的人才生态,才会有更多的"凤凰"来到这里创业创新。

集聚人才可以形成强劲发展动力。作为一座科技城,人才的重要性无须赘言。嘉兴科技城在全省率先提出"人才+项目"捆绑式的引才机制,使引进模式实现了从个体到团队、从随机到系统、从低水平到高水准的突破,且落户人才创办的科创企业群均呈现出高学历、高技术、高成长性的可喜"三高"的特点。目前,以清华、中科院、海归、高校等为主的四大人才板块格局已经形成,产业吸引人才、人才引领产业的良性循环态势鲜明。

通过一些平台的建设来打造人才高地,这是嘉兴科技城能迅速集聚起创业创新人才的另一秘诀。"无论是招商项目还是高端人才项目,我们都坚持把是否有强劲的科研能力作为最重要的一个指标。"杨玲珠副主任认为,"这个强劲的科研能力,说到底就是高层次人才。有了这些高层次创业创新人才,就能助推嘉兴科技城的一批重大项目向嘉兴、浙江集聚,引领地方产业转型升级、填补高新产业空白、突破行业技术壁垒。而项目的扩大和推广,则反过来又集聚起更多的人才。"

二　对人才的完美服务是无止境的

良禽择木而栖，士为知己而搏。遵循"人无我有、人有我优、人优我特"的人才服务宗旨，嘉兴科技城栽好"梧桐树"，真诚招引"金凤凰"，每一项人才服务措施都十分贴心、极其到位。

"对我来说，嘉兴是一座最具有活力、最具有改革开放气息、最具有生命力的城市。"这是嘉兴雅康博医学检验所总经理丁凤的肺腑之言。2020年5月12日，在嘉兴市"创新嘉兴"大会战推进会暨"科技·人才月"活动启动仪式上，她获得了十大优秀科技人才称号。上台领奖后，她代表嘉兴科技城的众多科技人才，真诚地表达了对这座城市的热爱之情。

"70后"丁凤是一名标准的"女学霸"，有着丰富而耀眼的求学和职业经历。从清华大学毕业后，她先后在美国匹斯堡大学获得博士学位，在美国斯坦福大学任博士后研究员，在人类遗传学和分子生物学研究领域有着丰富经验和卓越成就。回国后，丁凤成为厦门大学生命科学学院的特聘副教授，曾负责主持多项国家自然科

学基金、"973"计划等项目。

2013年的一次机缘巧合，丁凤与嘉兴科技城结识。"这里有不少是我的老师和同学，浙江清华长三角研究院的老领导周海梦是我清华的老师，雅康博公司的老总许军普是我清华的同学，大家都说，嘉兴地理位置优越，环境优美，政府亲民，是块创业创新的宝地。"丁凤由此也加盟嘉兴，在这里创业创新。如今，她麾下的嘉兴雅康博医学检验所已成为浙江清华长三角研究院的重点培育企业，主攻分子诊断个体化医疗领域，在荧光定量PCR、免疫组织化学、高通量测序等检测技术上具有成熟的经验。2020年初，她的公司还成功研发出新型冠状病毒核酸快速检测试剂盒，为疫情防控做出了突出的贡献。

在这里工作生活了8年，丁凤已

深深爱上了嘉兴，爱上了嘉兴科技城。"嘉兴环境很美，人特别和善，各级政府真心实意关怀、帮助企业和人才，在这里创业创新没有后顾之忧。"如今，丁凤的丈夫也来到了嘉兴，与她一起经营公司，两人还孕育了3个子女，一家人都生活在这片土地上。

同样，相继毕业于清华大学、美国康奈尔大学的能源专家张继锋，在美国学习工作13年后回到国内，在一家央企二级部门负责技术研发及管理工作。2017年底，他来到嘉兴科技城，加入浙江清华长三角研究院，在研究院成立的智慧能源研究中心担任主任。该中心致力于研究和开发电力、燃气、交通等领域的先进能源技术与装备，促进智慧城市以及工业人工智能技术的发展与应用。

"嘉兴科技城交通便利，人才高度集聚，有很多大院名校、科研院所，适合产业项目化发展。这里对人才的服务也特别到位，让人非常感动。"张继锋坦言，"在这里，我可以发挥所长，做更多和专业相关的事情。"

良禽择木而栖，士为知己而搏。浙江昱能科技有限公司董事长兼首席执行官凌志敏，曾在瑞士和美国求学和工作，于2010年来到嘉兴科技城创办公司。他至今还记得，当时，为了专注于企业发展，他打算在嘉兴买房，但是外籍人士的身份使购房过程变得十分烦琐，光公章就要盖十几个。南湖区和嘉兴科技城有关部门得知此事，马上与建设局等单位协调，为他打包办好了购房手续。感动之余，凌志敏在此扎根的信心更足了。

"在高端人才引进方面，我们的奖励优惠政策力度或许不是最大的，但能做到兑现承诺、一诺千金；我们的人才引进是比较开放的，只要他符合国家、省的引才计划，符合基本的高端智力人才要求，哪怕是一些储备式的人才，可以由企业先把他引进来，我们可以不苛求于先进行评审，就给他以40%的薪酬补助，这样也大大减轻了用人单位的用人成本。"中共南湖区委组织部副部长马乐说，"人才最最渴望的是良好的'双创'环境，而嘉兴科技城的产业主导方向，如微电子、智能装备、生物医药等方面，有利于这些高端人才发挥才能，确实能集聚优秀人才，而南湖区和嘉兴科技城所需要做的，就是让人才能在没有后顾之忧的状态下，在一个能施展自己才华的舞台上，实现自己的梦想。"

高质量发展的动力何在？人才无疑是最核心的要素。嘉兴科技城早在2003年12月创立之初，就牢牢锁定科技前沿的未来产业，在"一张白纸"

上勾画蓝图，确定了"人才＋项目"的发展思路，一开始就将目光瞄准高层次人才。

近几年来，嘉兴科技城紧扣"引进一名人才、带来一个项目、催生一个产业"的理念，以科研平台建设为载体，通过紧密参与、主办各类活动，发出招才揽智最强音，铸就人才强磁场。

众所周知，当前，各地对人才工作都十分重视，优质人才项目成为各地争抢的"香饽饽"，靠什么来放大优势，留住人才？良好的人才生态，始终是绕不开的关键话题。遵循"人无我有、人有我优、人优我特"的人才服务宗旨，嘉兴科技城栽好"梧桐树"，真诚招引"金凤凰"，每一项人才服务措施都十分贴心、极其到位。

创新建立项目快速评审机制，对人才项目实现"全年受理、快速评审"；吸引多家银行加盟，为人才企业缓解资金难题；嘉兴科技城展示馆·智立方成为嘉兴市首个人才创新创业"一站式"综合服务平台……把嘉兴科技城打造成创业创新者的家，把创业创新者的家打造得更舒适、更温馨，让来自五湖四海的高层次人才充满归属感和获得感，这正是嘉兴科技城能成功招引和培育这么多高层次人才的秘诀。

毫不夸张地说，如今的嘉兴科技城已成为高层次人才集聚的代名词，吸引了无数像丁凤这样省级、市级的领军人才，甚至像惠特菲尔德·迪菲、中村修二这样的国家级、世界级顶尖

2019年6月3日，诺贝尔奖获得者中村修二教授工作室揭牌

的科学家。截至2020年底，嘉兴科技城已累计引进诺贝尔奖获得者1人、图灵奖获得者1人、海内外顶尖人才34人、省级及以上高端人才160人、硕士及以上高层次人才2500余人。

"创新驱动的实质是人才驱动，谁拥有一流的创新人才，谁就拥有了科技创新的优势和主导权。"近几年来，嘉兴科技城建立并完善了有利于科技创新和人才集聚的政策体系和配套措施，在市人才政策"三十条"的基础上，制定出台了一系列有利于人才引进、人才制度改革、人才服务的政策和文件。

探索创业模式可以激活创新热情，引来优秀人才，稳定人才队伍。嘉兴科技城对自身短板有着清醒的认识——平台层级较低、空间较小，与周边各个大城市相比不具备优势。对此，嘉兴科技城注重在产业布局、科融保障和提升服务上做文章，着力优化软环境。如针对科技人才、科创企业流动性大的问题，采取股权合作与"自费"创业相结合的创业孵化模式，要求创业者带团队、带技术、带资金创业创新；针对科技人才管理经验不足问题，从孵化场地、启动资金、团队组建、政策扶持、发展指导等方面给予创业企业最大的支持。

破解"融资难"可以让创业创新者跑得更快。嘉兴科技城瞄准了江南地区民间资本向来雄厚这一优势，在创新建设区域创新平台时，一方面倚靠国有资金的杠杆效益，另一方面撬动民资，从多方筹集资金，如浙江清华长三角研究院参与运作的浙华投资、浙华紫旃母基金等基金库；浙江中科院应用技术研究院还与嘉兴市人民政府共同建立了产业基金等。为各企业"输血"的方法有：通过先期入股、待项目做大做强后再退股的方式，给予初创期公司以资金扶持；针对成长性良好、急需流动资金周转的企业，建立科创企业群金融服务绿色通道，提供债权融资担保；为科技项目搭建募投平台，鼓励企业股改上市募集资金；等等。

开展靶向引才，动态绘制数字经济和高端制造业全球高端人才分布地图，扎实推进国家、省、市人才引领计划，着力办好人才服务"最后一米"具体小事，让各类人才在南湖安心、安身、安业，给人才以良好的创业创新环境，让各类创新人才百家争鸣，这是南湖区这几年大力推进"双创"工作、大力引进培育和使用各路优秀人才的主要做法。

打造"人才e点通服务云平台"，全面推进科技人才集成服务。2020年6月，依托区块链技术，研发上线

"人才e点通服务云平台"，有效归并10部门人才服务职能，推动36个人才创业创新事项、110小类行政审批服务事项一网整合，在全国率先实现人才创业创新全过程"零次跑"。目前，各类人才填报信息量平均缩减62.5%，网上办、掌上办实现率100%。其中7个高频事项办结时间由30天压缩至5个工作日以内（不含公示期）。

2017年3月，嘉兴科技城管理委员会与嘉兴市第一医院正式签约，为嘉兴科技城内领军人才开通就医绿色通道，包括就医绿色通道在内的嘉兴科技城人才服务新政10条同时发布；2020年8月，嘉兴科技城管理委员会又与嘉兴市第二医院正式签约。

2020年8月19日，嘉兴科技城举行高层次人才就医绿色通道VIP卡发放仪式

就医绿色通道开通后，领军人才凭嘉兴科技城高层次人才就医VIP卡，在上述医院可享受预约诊疗、导医引导就医等个性化服务。与此同时，嘉兴科技城还从人才热线、人才公寓、人才活动等共10个方面着手，为高层次人才提供全方位服务，营造最优人才生态氛围，增强促进人才优先发展理念。

2021年4月，南湖区发布了"南湖区人才服务10件实事"，对人才的服务工作再次实现了迭代升级。在这10件实事中，包括深化人才改革试验区建设；出台支持人才发展特殊政策；推进外国高端人才创新集聚区建设；全域推进特色产业工程师协同创新中心建设；常态化开展"揭榜挂帅"活动；建设1.6万平方米的人才科创星天地，打造人才创业创新、居住、休闲一体化空间；推动"人才＋资本"融合裂变，实现10亿元知识产权质押融资；实施人才企业上市培优计划，梯度指导10家人才企业股改上市；加快人才工作数字化改革，实行

"一图一码一指数"；成立人才服务大联盟，组建5支特色人才服务队伍；开展"百企进百校"校招活动、"百企设千岗"社招活动，打造"永不落幕"的人才招聘会。

而漫步在嘉兴科技城，一幅宜居宜业的品质新城画映入眼帘：一条条高颜值景观大道纵横交错，一项项与国际接轨的公共配套正投入使用，一所所装下梦想与希望的优质学府形成教育高地……这里已被誉为"东方硅谷"，是名副其实的"蓝色之城"。这座高质量打造的生产、生活、生态"三生"融合的国际一流科技创新产业新城，正满足着来自五湖四海的人们对生活的所有期待。

在嘉兴，说起位于嘉兴科技城内的"东北师范大学南湖实验学校"无人不知。这所由教育部直属211重点大学东北师范大学与南湖区人民政府合作创建的九年一贯制学校，现已成为国内为数不多的U（大学）、G（政府）、S（中小学校）合作办学的成功典范。目前，嘉兴科技城已成为优质教育资源的聚合高地，云集了嘉兴市实验小学、东北师范大学南湖实验学

东北师范大学南湖实验学校

校、清华附中嘉兴学校（在建）、嘉兴市第一幼儿园、嘉兴市第二幼儿园等优质学府，教育人文氛围浓郁。

为整合教学资源，提升整体教育水平，嘉兴科技城还成立辖区内学校发展联盟，发挥东北师范大学及其附属学校等名校资源的引领作用，开展"依托名校资源·助力协同发展"系列活动。其中，"名师工作室"由各校在市、区有一定知名度的教师负责，并以其名字命名。成员则是联盟学校推选的有发展潜力的骨干教师，他们将在工作室的培养下提高教学水平。

"发挥学校发展联盟优势，创建名师工作室，充分发挥名师的引领带动作用，让更多教师成为名师，进一

步加强辖区内教师队伍建设，同时对实现教育均衡优质发展具有十分重要的意义。"嘉兴科技城社会事业发展局相关负责人表示。

在嘉兴科技城，处处能感受到高品质化、国际化。漫步街头，大到公交站台，小到垃圾桶，各类城市家具的颜色都是高大上的灰色系，但细细观察，可以找到代表科技的蓝色线条。"想不到连这么细小的环节都想到了。"一位城市规划专家对这里的城市家具设计由衷赞叹。

嘉兴科技城作为"三生"融合的宜居之地，已名不虚传。在商业配套服务方面，这里聚集了南湖万达、新都会商业广场、嘉富好第坊商业街等购物中心，更有诸多在建商业综合体或规划商业用地，满足日常生活一站式采购需求；在医疗方面，有嘉兴妇幼保健院、富嘉骨伤医院、康久中医院、嘉兴老年医院等优质医院环绕；这里有着比良渚古城遗址的历史更悠久的大桥镇南河浜遗址，全国少有的镇级博物馆——南河浜遗址展

示馆值得去看一看，以此感受这座文化品位和风格特色兼具的新城之风采；区域内还实施了亮化工程，许家港—王庙塘沿河绿道和景观工程，建起了荻原美术馆，环境明显提升，安居嘉兴科技城成为越来越多人的选择。在这里，由高知人群、高档住宅、高品质生活构成的一幅新时代画卷，正在徐徐铺展。

嘉兴科技城北翼，还拥有一条公园景观资源带，自南往北，依次分布着嘉兴科技城人才公园、城东湿地、天德山公园、东郊绿廊、4A级湘家荡风景区以及东侧的规划公园。这些公园聚合在一起，组成了"C"字形公园带。其中，嘉兴科技城人才公园作

嘉兴荻原美术馆画展

为省级优质综合公园和东部新城的新地标，景色更宜人：茂盛的绿化，曲折漫长的河岸小径，自动发光的绿道，沿河的科研大楼霓虹灯闪烁，在夜里更具神采。公园所配建的人才俱乐部、党群服务中心等设施，还为创业创新主体提供项目路演、信息交流、党员教育等双创配套服务。据说，这里的项目路演活动，每隔一天就有一场。

嘉兴科技城的生活，就是未来生活的样子。各路人才在此心无旁骛，挥洒激情，创业创新，缔造事业和人生的辉煌。

三 这里有一个全国首创的"人才局"

全方位打造聚才、留才、用才的最优生态，高质量"平台＋项目"的纷纷落户，表明嘉兴科技城持续打造最优人才生态有了阶段性成果，也表明以嘉兴科技城人才服务局为主体的人才引育、集聚机制正臻于成熟。

2020年4月，新冠肺炎疫情刚刚得到有效控制，嘉兴科技城的人才招育工作就已在火热进行中。4月27日，在长三角全球科创路演中心举行了"南湖之春"第二届国际经贸洽谈会暨海内外高层次人才项目"云路演"活动，23个人才项目参与了"云路演"，其中有11个人才项目与嘉兴科技城、湘家荡区域、南湖新区等科创平台签订落户意向协议。

因新冠肺炎疫情尚未完全退去，这次海内外高层次人才项目路演活动首次尝试了"云端"模式，23位来自海内外的高层次创业人才与各科创平台负责人进行"屏对屏"的交流，并邀请5位资深专家评委"坐镇"深圳分会场，20余家投融资机构负责人在线观看路演直播，探索项目"云路演"、评委"云点评"、机构"云互动"的全新招才引智方式，为有落户和融资意向的海内外人才提供对接新渠道。

2019年5月9日，嘉兴科技城承办国家级
高端人才南湖行暨项目路演活动

"人才的优势是发展的优势，也是竞争的优势。随着长三角一体化发展上升为国家战略，南湖区正以更高瞻远瞩的战略思维，为高质量发展寻找'最强大脑'。南湖区将一如既往尊重人才、激励人才、服务人才，搭好平台、出好政策、创好环境，为各路人才在南湖畔发展，创造最优人才生态环境。"时任中共南湖区委常委、组织部部长、嘉兴科技城党工委副书记蔡立新说。而为了加大人才引育力度，南湖区发布了《南湖区激励企业引才育才实施办法》，通过"七大工程"展现南湖区引进人才、培育人才、用好人才的最大诚意。路演活动期间，还向广大海内外高层次人才就此实施办法做了推介。

参加本次"云路演"的人才项目均是前期通过线上征集后精心筛选产生的，涵盖人工智能、集成电路、柔性材料、高端制造等多个领域，项目发展前景契合当前南湖区和嘉兴科技城大力实施的数字经济"一号工程"，以及微电子、智能装备两大主导产业。

人才的集聚、项目的落户、产业的推动，三者是紧密相连的，招引一位领军人才，往往能带来一个乃至多个科创项目。一位不可多得的高端人才被引入，甚至还能改变这一平台的产业结构，改变一个园区的产业发展方向，其巨大作用不言而喻。嘉兴科技城深谙其理，把人才引育工作置于最重要的议事日程，把向人才提供完美服务看作自身发展的关键，把引育高层次人才与推进高质量发展完美地结合在一起，这使得嘉兴科技城始终保有创业创新、科学发展、勇猛精进的不竭动能。

正因为如此，嘉兴科技城在全国和全省率先成立了人才服务局，负责人才引育规划，人才引进、培养和服务，人才制度改革等工作，可见嘉兴科技城对人才引育工作的重视。该局下设人才规划科、人才服务科、人才服务中心。负责人才改革试验区建设、大院名校与创新平台引进、高端人才引进等工作；负责人才计划申报，人才项目管理，扶持政策兑现，领军人才项目贷款担保，人才服务，人才统计，博士后科研工作站、国家级专家服务基地、院士专家工作站、留学人员创业园等平台管理与服务等工作。

除此，嘉兴科技城还在全国和全省率先成立了人才银行、科技银行，为人才进行全方位的服务；科技金融不断深化，成立人才基金、嘉兴科技城产业基金等，对一批领军人才企业进行股权投资，引进全国第一家专业科技保险公司——太平科技保险；结合南湖区成为省级知识产权示范区，建立嘉兴市首个知识产权司法保护与行政执法联动机制。

"智立方—人才港"位于嘉兴科技城展示馆·智立方内，它的建立就是为了进一步推进集成服务人才创业创新，大力提升人才服务功能和水平。以争创全省一流、全国领先，聚力打造人才服务"金名片"为主旨，以人才服务"最多跑一次"改革为动力，高效整合部门职能、市场要素和社会力量，"智立方—人才港"已经"跑"出人才服务"新速度"。

"智立方"人才创业创新服务综合体下设审批代办、评估等九大中心，其中，审批代办服务中心为其核心组成部分，它以"前台综合受理、主动代跑代办、统一窗口出件"人才服务新模式，为各类人才提供十方面的基本综合服务，着力解决人才服务碎片化问题。结合抢抓长三角一体化发展上升为国家战略的机遇，这里还全国首创开通了G60科创走廊长三角"一网通办"吴越专线，推出与苏州市吴江区两地的政务通办工作。

智立方的B1层是专为各类人才提供创业创新服务的核心区，也是嘉兴市首个人才创业创新综合服务平台。在咖啡飘香的人才交流中心，高端人才可以在这里举行"头脑风暴"、创业培训、人才对接等活动。技术交易中心则随时可进行科技资源的高频对接。目前已联网引入科技大市场数据信息，实现人才资源、科技资源的高频对接和良性互动。人才企业能在这里找到技术，科研技术将在这里找到成果转化的途径。

值得一提的是，在人才洽谈区里，还特意放置了一些联网显示屏，方便大家查阅信息。沙发背后的会议室是评估中心，这里可与全球八大海纳孵化器互联互通，实现"足不出户，网联天下"，第一时间对接全球人才项目资源。

2020年9月7日，嘉兴科技城人才招引工作又迎来一件"喜事"——"群英季汇"人才载体、项目签约仪式成功举行。中国计量大学南湖光电技术创新中心、嘉兴科技城国际人才创新服务中心和5个高端人才项目分批与嘉兴科技城签约。

据了解，中国计量大学南湖光电技术创新中心是由嘉兴科技城与中国计量大学合作设立，重点围绕光电材料与器件等领域，以科研成果转化为导向，引进和培育一批光电材料与器件方面的高层次人才和产业化项目，打造中国计量大学优势专业和人才的产学研平台及创新创业基地。

嘉兴科技城国际人才创新服务中心是由浙江省一线引才机构——浙江

中加科技创新中心在嘉兴科技城设立的实体运营机构，它围绕数字经济、生命健康等产业领域，引进具有国际水平的海外高层次人才资源、技术成果、科技项目，实现海内外高层次人才引育、全方位外国专家服务等功能。

在本次"群英季汇"活动中所签约的5个高端人才项目为高功率激光器核心器件（体布拉格光栅）产业化项目、车载激光导航系统项目、超快激光微加工装备项目、高性能PVD镀膜磁控溅射旋转阴极研制及产业化项目、新一代生物芯片及数字PCR项目。其产业领域涵盖了集成电路、智能制造、生物医药等，均是各自领域拔尖人才团队领衔的优质项目，具有很好的技术前瞻性和产业化价值，发展前景好。

"嘉兴科技城不仅区域位置非常好，而且人才政策也十分好。此次签约后，我们将把总部与工厂搬到嘉兴，PVD设备组建迅速产业化，取代国外进口组件，填补国内空白。"高性能PVD镀膜磁控溅射旋转阴极研制及产业化项目相关负责人文继志表示。

无疑地，这些"平台＋项目"纷纷落户，表明嘉兴科技城持续打造最优人才生态有了阶段性成果，也表明以嘉兴科技城人才服务局为主体的人才引育、集聚机制正臻于成熟。

"2020年初以来，嘉兴科技城围绕打造'群英季汇'品牌，每季举办南湖英才计划评审、高端人才线上签约等活动，通过坚持'人才带项目、项目育人才'的思路，一批顶尖人才、国家领军人才和省领军人才不断被引进和引育。"时任嘉兴科技城人才服务局局长傅政霖表示，"接下来，嘉兴科技城将继续做强科技创新新引擎，深入推进'2＋X'创新体系建设，同时做大人才集聚新高地，并将通过出台人才新政2.0版等举措为项目落地提供最优质的服务，全方位打造聚才、留才、用才的最优生态。"

集聚国外高端人才，运用世界一流科创成果，也是近年来嘉兴科技城人才引育工作的重点之一。2020年初以来，嘉兴科技城围绕"坚持高端引领、突出增量引进、加强协同创新"的目标，深耕浙江嘉兴外国高端人才创新集聚区建设，在出台一系列特色政策的基础上，借助"星耀南湖·长三角精英峰会"影响力，大力引进外国顶尖人才。建立"高精尖缺"高层次人才需求库，促进顶尖人才资源与行业要素、科技金融要素等高效融合，推动区域产业升级和经济跨越式发展。

2019年4月，嘉兴科技城承办了2019"创响中国"长三角联盟首站暨"世界创意创新日"活动。同年5月，2019年国家级高端人才南湖行暨项目路演活动在"智立方"人才创业创新服务综合体举办。为使国内甚至全球路演成为常态，长三角全球科创路演中心成功落地嘉兴科技城后，基本2天就有1场活动。

南湖双创品牌

创翼南湖

INNOVATION & ENTREPRENEURSHIP
SOARING OVER NANHU

2019年4月21日，嘉兴科技城承办"创响中国"长三角联盟首站启动仪式，并发布双创品牌"创翼南湖"

2020年6月12日，嘉兴科技城成功举办嘉兴市首场外国顶尖人才认定评审会，包括加拿大两院院士在内的5名顶尖人才通过了评审，以帮助用人单位提前锁定人才并及时兑现人才政策。"这里科研机构多、同行多，有很多合作机会。政府很重视人才，服务也很好。"来自美国、乌克兰、韩国、日本等世界各地的院士专家集聚于此，共同看好这片"创新沃土"。

如今，作为嘉兴市高层次人才密度最高的区域，嘉兴科技城已集聚诺贝尔奖获得者、图灵奖获得者等30余名海内外顶尖院士，通过科学家顾问、自主评审认定、共建院士专家工作站等方式，与科研院所、企业深度合作，以站在国际科研领域金字塔尖的智力和视野为区域创新发展"加油"。

在浙江清华长三角研究院大楼里，2018年注册成立的嘉兴市级领军人才企业启迪禾美生物科技（嘉兴）有限公司，2020年的销售额已近7000万元，比前年同期增长30%。企业相关负责人表示，企业从零起步到快速发展的背后，是诺贝尔奖获得者、美国科学院院士等一批国际化科学家团队的"最强大脑"支撑。

近年来，嘉兴科技城注重发挥浙江清华长三角研究院、浙江中科院应用技术研究院等为引领的科研院所人才集聚作用，提升外国高端人才集聚区承载力，建成嘉兴科技城院士楼群，助力南湖区成功创建嘉兴市级院士之家，有效推动更多顶尖人才集聚。依托"智立方"人才创业创新服务综合体，嘉兴科技城人才局联合区公安分局出入境管理大队设立外国高端人才服务专窗，简化出入境及居留手续，提供全程代办代跑"一站式"服务，极大方便了外国高端人才。

与此同时，嘉兴科技城启用嘉兴市首个人才运动馆，开展高层次人才羽毛球赛，举办高层次人才"嘉禾印象"文化之旅等交流对接活动，加强外国高端人才与本地人才、项目的互动，形成国际创业创新"朋友圈"。

"人才者，求之者愈出，置之则愈匮。"（清·魏源）嘉兴科技城这块各类人才创业创新的活力之地，正吸引着许多国内外高层次人才深深扎根这方沃土，而人才的需求是无止境的，期待有更多优秀人才、优质平台和项目前来落户，加盟其中，在这里逐梦奋斗。

第六章

敢闯、敢拼、敢试的
"双创追梦人"

落户这里的原因是什么？飘逸着鱼米之香，集聚了无数高端人才，形成了完美的"三生"环境，适合年轻人打拼，年轻人在这里拥有事业发展的无限可能。

即便是最优秀的种子，也需要肥沃的土壤。他们在这里扎下根来，成长为参天大树。

争创一流被视为圭臬，不屈不挠成为一种作风，即便遭遇困难和挫折又何妨？

一 恋上南湖，沧海之舟从这里启航

从国外回来，又曾在国内从事科研和应用工作，但最终因为恋上南湖而选择在嘉兴科技城落户。他们怀揣渊博的知识，拥有超人的智慧，富有创业创新的勇气，在这片热土上挥洒才华，创造奇迹，赢得成功。

1977年中国高考制度恢复后，凌志敏考取了复旦大学物理系。本科毕业后，老校长谢希德亲自遴选十几名优秀复旦学子赴欧洲留学，凌志敏名列其中。他在国外学习、工作了20个年头，先后在比利时鲁汶天主教大学攻读博士学位，在美国加州大学伯克利分校从事博士后研究，之后在硅谷生活工作了20年，从专注半导体和太阳能研发的工程师起步，一直做到世界500强企业的资深总监、资深副总裁。然而，他无论在硅谷担任高管，还是初创高科技公司，心里总在涌起一个强烈的愿望：回国创业，寻找人生新的兴奋点，尝试、挑战，用自己的理念打造、管理自己的企业。

2009年9月，凌志敏麾下的昱能光伏公司在美国硅谷成立，通过朋友

浙江昱能科技有限公司董事长
凌志敏

科技有限公司董事长兼首席执行官的凌志敏说。2013年，昱能科技一举成为全国微型逆变器单项冠军，国内销售量排名全国第一。2014年1月，美国 GTM Research 咨询公司发布的行业报告显示，昱能已经成功跻身全球"微逆"界前三行列，销量仅次于龙头老大美国 Enphase 公司。

介绍，受时任南湖区副区长孙旭阳的鼓励，凌志敏决定回国发展。他谢绝了上海南汇和江苏等地的邀请，来南湖区和嘉兴科技城考察，认定这正是最合适自己创业创新的地方。2010年3月，他在嘉兴科技城成立了昱能光伏中国公司。

作为高端人才、科技部"双创"人才和嘉兴市"双创"领军人物（A类），凌志敏之所以能在南湖区安心创业，实在是因为这里的"双创"环境吸引住了他。创业伊始，产品有待推广之

"我们昱能光伏所做的产品是微型逆变器，是太阳能光伏里面逆变器类的产品。每个太阳能组件后面都带着一个小型的微型逆变器，它以并联入网的方式进行构成系统。2010年初，我们昱能科技公司就推出了国内产品。我们的产品在世界上属于早期参与者，处于领先的地位。"已是浙江昱能

浙江昱能科技有限公司产品——YC1000微逆

际，嘉兴科技城从900 kW住建部光伏示范项目中划出100 kW光伏系统，采用昱能的微型逆变器。交通银行、嘉兴银行和农业银行都把企业急需的融资服务送到了家门口。享有如此完美的服务，凌志敏岂能不深深恋上这充满着创业激情和生活温馨的地方？

对于企业的未来发展，凌志敏胸有成竹。他认为，最大的市场培育最好的企业。当前，中国小康社会建设和乡村振兴战略的实施，使得分布式能源的发展路线更加明确，光伏行业正在快速成长。随着新产品性能的提高和接受度的不断提升，未来全球微逆产品的规模将继续扩大，中国微逆需求更是不可小觑。这对凌志敏和昱能来说，是实现公司进入第三阶段发展，成为真正意义上全球微逆前三甲的有利条件。

为此，昱能已经悄悄地调整了战略，变"走出去"为"走回来"。"过去我们以国外市场为主，靠80%的国外销售养20%的国内市场，但随着我们微逆在商业楼宇技术上的突破，以及中国市场的不断启动，这个比例肯定会实现逆转，也希望这能帮助我们成为世界上处于领导地位的'大象'。"凌志敏说，"这将是一个新的征程，昱能的路还很长，未来才刚刚开始。"

从国外回来，又曾在国内从事科研和应用工作，但最终因为恋上南湖而选择在嘉兴科技城落户的高端人才，自然还有很多很多。他们怀揣渊博的知识，拥有超人的智慧，富有创业创新的勇气，从这里启航，挥洒才华，创造奇迹，赢得成功，常东亮便是其中的一位。

常东亮，1975年7月出生，瑞士苏黎世联邦理工生物技术博士，嘉兴应用化学工程中心主任；浙江省151人才第一梯队专家，2015年度中国B2B行业最佳新锐CEO，"中国海归科技创业者100人"之一；主要从事生物医药合成技术、新药创制、化合物数据信息技术，以及生物催化及其在医药合成中的应用等领域的研究，已

嘉兴摩贝信息技术有限公司
董事长 常东亮

申请中国专利 11 项，世界专利 5 项，授权 7 项。

常东亮还先后创立了嘉兴中科化学有限公司、中科检测技术服务有限公司等产业化公司，尤其是在 2011 年创建了摩贝信息技术有限公司，致力于杂环生物医药分子库、中间体的研发与生产，新药创制以及生物医药分子信息平台的建设，致力于创新研究及成果的推广和运用，参与和承担了 30 余项国家、省（市）和企业科技项目，孵化了中国首家商用化合物数据和交易平台 MOLBASE，并发展成为全球最大的化合物数据中心，有力地支持了生物医药和新材料产业发展。

2004 年，常东亮接受了中国科学院的召唤，从瑞士回国，参与组建一个面向企业的科研成果孵化中心。他和中国科学院广州化学研究所的几位同事一起来到浙江，在杭嘉湖地区、金华、温州等地，感受浙江经济的发展，寻找创业创新的机会。在他眼里，江浙一带民营经济的发展的确令人欣慰，但在这繁荣背后，科技所应有的推动作用仍未发挥，大部分草根企业依然沿袭着改革开放之初的野蛮生长方式，很难进一步做大做强。这引起了常东亮的关注和思考。

一边是高层次科研院所的科学家们埋首研究，却基本上没有技术产业化的经验，也不知道自己的研究成果是否适合规模生产；一边是野蛮生长的草根经济，企业家们缺乏自主创新的意识和能力，也不知道经济和技术将如何发展。"技术和产业成了两张皮，中间就需要有人把它们缝起来，而我们愿意成为做这件事情的人。"经过调研和思索，常东亮结合自己多年海外留学、创业经历，对科技成果产业化有了更深刻的认识。

3 个月的调研走访后，中科院决定把这个科研成果孵化中心建在嘉兴科技城。2005 年 8 月 25 日，中国科学院嘉兴应用技术研究中心正式成立，常东亮担任应用化学分中心主任。他的任务之一，是把中科院储备的科研成果通过转化平台，延伸到工业技术领域，最后成为成熟的产品。

但随着与市场接触的不断深入，常东亮发现，中科院所储备的成熟项目是有限的，而高新技术的投入成本往往是很大的，中小企业普遍存在投资能力不足的情况，这些便是目前科研院所与民营企业实现技术对接的最大瓶颈。于是，常东亮又决定在技术产业化领域进行尝试。2006 年，嘉兴中科化学有限公司成立。2009—2011年，他带领团队又在嘉兴科技城建设了 12000 平方米的中试孵化基地，新的技术就在这里做成示范线，再推广到企业。

2009年以来，常东亮敏锐地察觉到，全球生物医药和新材料产业缺乏一个成熟的数据管理平台。为此，他又启动了中国首家商用化合物数据信息平台 Molbase，拥有1万多家供应商，上千万供应商产品上线，是中国最大的化合物数据平台。目前已有两只美元基金为平台注资，公司已发展成为一个拥有5家子公司的企业集团。

2013年3月，常东亮创办了嘉兴摩贝信息技术有限公司和摩贝商用交易数据网（以下简称"摩贝"）。不久，摩贝即获得了德沃基金创始人、天使投资人吴正宇（曾任融360的CEO及联合创始人）的百万元天使投资。2014年11月、2015年6月，摩贝以"互联网＋"的形式，实现了"流量入口＋现货商场＋金融服务"完整交易的服务闭环。2015年起，摩贝的创新模式受到了资本市场的青睐，先后获得了5轮数亿元的融资。凭借这5轮融资和不断发展迭代，短短数年间，摩贝已成为行业内增长速度最快、交易规模最大的化

学品电商平台，同时，率先完成了在化学品数据服务、交易、供应链金融等领域的整体布局。

摩贝致力于打造化学品平台生态系统，包含了数据服务、交易匹配、自营业务以及摩贝的供应链金融和供应链服务。目前，摩贝收录了6000多万条化合物数据，已为超过15万国内外会员提供优质服务。摩贝于2016—2018曾连续3年被评为"中国B2B行业百强"企业、化工行业第一，连续3年获得"中国大宗商品电商百强"化工行业第一称号，荣获"2017中国年度创客"殊荣，是2018中国产业互联网30强之一，而创始人兼CEO常东亮也荣获"2018年100位电商功勋人物"称号。

邵航，1986年9月出生，衢州人。年纪不大，却有着异常扎实的学历和

浙江未来技术研究院院长
邵　航

诸多"显赫的头衔"：毕业于清华大学自动化系，曾任清华大学数字媒体实验室工程师、科研项目主管等职，主要负责立体视频技术的科研管理工作，现为浙江未来技术研究院院长、工信部电子科技委委员，先后两次获得中国电子学会科技进步奖一等奖。他还是浙江省第十一届青联委员、嘉兴市十大杰出青年、南湖区科协副主席（兼）。

2007年，还在清华大学自动化系读大三的邵航，就已进入该校数字媒体实验室，开启了科研之路。2008年，他以核心研发人员的身份参与国家"863"计划"3DTV内容制作、编码和重构关键技术及原型系统研究"中，开始了对立体视频与虚拟现实领域的探究。他还参与了国家"新一代宽带无线移动通信网"科技重大专项、国家自然基金委重点项目等的研发，共获得发明专利24项、实用新型专利2项，其中立体视频技术在外科手术中应用的数字立体显微项目已经在中国人民解放军总医院、北京友谊医院、中山眼科中心等医院应用，极大地提升了医生多人手术的协同观看效率，扩大了年轻医生的培训规模，促进了外科手术的精准化、微创化、智能化发展。

清华大学数字媒体技术实验室成立于2001年，先后引领了图像视频处理、三维重建、光场成像、计算成像等数字媒体领域的技术变革潮流。2016年，嘉兴市开始酝酿布局未来数字媒体领域的尖端科研成果产业化平台，这与邵航所在实验室的研究方向颇为吻合。在浙江清华长三角研究院的推动下，建设浙江未来技术研究院的设想应运而生。在研究院筹建之际，既是实验室骨干又是浙江人的邵航就被推到了台前。

2017年，邵航来到嘉兴，开始了人生的新征途。很快，他爱上了这个鱼米飘香且适合年轻人打拼的地方。同年5月，浙江未来技术研究院获批，筹建工作随即开始。未来院主要围绕"未来媒体、未来智能、未来生命"这3个国际前沿方向，致力于关键技术应用研发、新型创新产业孵化、高新技术产业链集群加速，融创新载体、产业载体、科技金融、国际品牌于一体，探索新经济产业形态，打造国内一流的科技创新、人才集聚和未来信息技术产业化基地和千亿产业集群。如此尖端的重要研究机构，竟由当时才31岁的邵航来担任"一把手"，由此可知邵航的不凡。

邵航担任未来院院长不久，他所在清华团队研制的大视场高分辨率的脑科学显微计算成像仪器顺利通过了相关验收。该仪器是目前全球视场最大、数据通量最高的光学显微仪器，可以实现大视野下单细胞的精确观察，实现生命科学研究中结构和功能的统一成像。有了这一成果，邵航和团队随之进一步拓展基于计算成像技术的应用场景，加速这项科研成果的产业化，用在手术显微仪器领域，挑战蔡司、莱卡等跨国巨头公司，为产业创新做出更大贡献。不消说，上述这些新的成果只是邵航和未来院研究成果的一部分，更多更新的研究项目和成果将陆续推出。

"我觉得，第一点就是要成为集聚高端人才的载体。"邵航认为，"长

三角区域一体化发展上升为国家战略后，嘉兴科技城的前景一片光明。而在发展的过程中，最重要的因素是人才。而在人才的集聚过程中，打造好承接人才的载体是关键，未来院就具备这样的条件。对于落地的人才，未来院不仅能提供丰富的科研和产业资源，还能为人才制定详细的发展计划，让人才的潜能得以充分发挥。正是在邵航和未来院的推动下，一批高端人才相继被引进，包括长江学者、国家基金委优秀青年及硕士以上的科研人员。"

在邵航的主导下，未来院积极推动多样化开放合作，搭建校企合作平台，开展人才的"联、引、育"工作，组建了"清华大学研究生创新创

浙江未来技术研究院

业实践基地""清华大学研究生就业实践基地"等,吸引清华大学学生落户长三角;同时还特别注重与长三角地区的高校合作,与上海大学、杭州电子科技大学、上海工程技术大学等高校在联合科研项目、创新创业成果转化、人才异地培养等领域建立了长期战略合作关系。

"我们是科研成果转化的平台,而嘉兴科技城则是未来院发展的平台,我希望未来院能够在平台的支撑下,发挥出最大的力量。"邵航的这一愿景,也是嘉兴科技城各个高端研究机构和创新企业的共同心声。

今后一段时间,嘉兴科技城将继续加快三大主导产业的发展,尤其是带动引领性强的科技产业园的建设,通过园中园、研究院的建设占据产业前沿,加速高端产业的进步。毋庸置疑,继续花大力气打造一批拥有过硬自主创新能力的平台和企业,获得更多能撑起创新科技领域高质量发展的"支点"。"我们的科研项目,基本上处于国内甚至国际顶尖水平,这些成果如果在嘉兴落地开花,可以为嘉兴科技城的产业注入高科技'血液',助力其走在国内甚至国际的前列。"邵航希望自己和浙江未来技术研究院能为嘉兴科技城的产业发展贡献力量。

二 一匹匹黑马,缔造一则则创业传奇

丰富的业内经验,扎实的科创功底,赋予他们自主创业、打开一片新天地的勇气和信心。他们在嘉兴科技城里扎下根来,稳扎稳打,杀出重围,仿佛一匹匹黑马,在大胆创业、科技创新、高质量发展的道路上实现一次次飞跃。

一直以来,位于嘉兴科技城内的加西贝拉压缩机有限公司,实行的是中午不休息,下午4点半下班的作息时间。但这个时间上的"福利",作为党委书记、总经理的朱金松自己几乎未曾享受过。入夜时分,仍然穿着

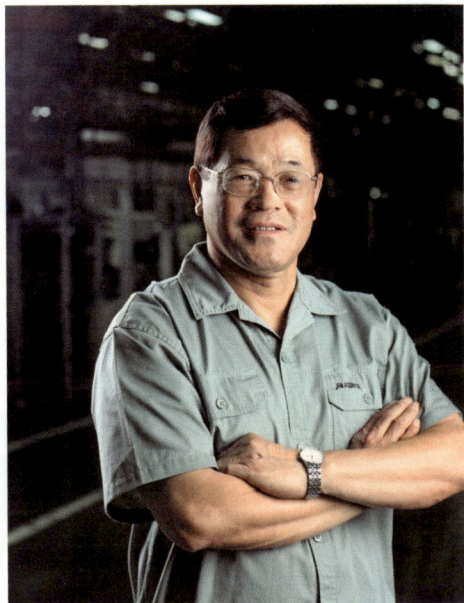

加西贝拉压缩机有限公司高级顾问，原加西贝拉压缩机有限公司总经理 朱金松

那身浅绿色工装制服，伏案在办公桌前，这早已成了他的一种常态。据不完全统计，在该公司担任"大当家"的23年里，朱金松累计加班时间已超过了18 000小时。

带领加西贝拉公司在冰箱压缩机行业鏖战了那么多年，在企业深陷"三角债"困境时，朱金松率企业绝地求生，发展成为全球单一地区最大压缩机研发制造企业，产销总量、产品性能、经济效益全球行业领先，并掌握了全球领先的压缩机研发制造技术。

1998年10月，时任嘉兴钢铁厂厂长、已经50周岁的朱金松被调到加西

贝拉担任总经理。钢铁和冰箱压缩机是完全不同的产业，员工们不禁怀疑，这个做过木工、电工、车工、钳工，了解炼钢、开坯、轧钢的人，能带领好加西贝拉吗？有员工甚至当面质问他："你懂得压缩机工作原理吗？你了解压缩机行业吗？"甚至有人预言加西贝拉在朱金松手里必垮无疑。

的确如此。始创于1988年12月的加西贝拉是改革开放的产物，作为省"七五"重点工程项目，由省、市政府下属国资企业及美国的CTC等4家公司合资组建，为嘉兴较早的中外合资企业之一。当时的加西贝拉被赋予振兴民族家电业的厚望，预计年产100万台。可市场风云万变，1997年，整个国内市场都处于动荡时期，加西贝拉全年仅卖出了68万台，还深陷"三角债"危机，有2亿多元的货款收不回来。加西贝拉急需拯救。

然而，朱金松接手企业的第一件事是整顿内部环境卫生，员工不解，他就自己拿着扫把扫地，由此落了个"扫地厂长"的名号。"凡事都要稳中求发展，一家企业，内部环境卫生都做不好，何谈未来？"朱金松对此显然有着另外的寓意。当大家还在疑惑"扫地厂长"将如何收摊时，他已身先士卒，奔赴全国追讨债款。在追债过程中，他还为某公司出谋划策、站

台撑腰，使其成功上市，也让加西贝拉成功讨回欠款。就这样，耗时1年多，近半债款被追回。而经过一番奋战，加西贝拉终于走出了风雨飘摇的困境。

债款回来了，企业重获生机，那么接下来，如何让企业长远发展？"质量是企业的生命，创新是企业的未来。我们不能跟在别人的屁股后面，没有新品开发，拿什么和别人拼？"向来强调质量和创新的朱金松成竹在胸，很快有了满怀豪情的规划。

1999年，加西贝拉还处于"疗伤"的阶段，朱金松却提出要投下3000多万元，建起国内冰箱压缩机行业首家省级企业技术中心，并大幅提高技术人员的绩效奖金。有人公开反对，尤其对"坐在办公室里的"薪酬要比"车间里干活的"高许多十分不解，朱金松却执意不变，一声令下："技术开发要一路'绿灯'，谁不支持技术开发，就地免职！"事实很快证明了朱金松的正确。从某种程度上说，正是技术研发人员改变了加西贝拉的历史。其时，加西贝拉引进的压缩机启动时噪音很大，技术研发人员说可以把机芯的吊簧改成座簧，朱金松支持他们的探索，并用一句"只许成功不许失败"加以激励。由于此次

创新的成功，加西贝拉逐渐步入研发正轨。

短短几年时间，在朱金松的带领下，这支自主研发团队交出了一份喜人的成绩单：

2005年，加西贝拉率先实现全无氟化生产，推动了整个冰箱产业的无氟化，比国家承诺、国际社会提前了整整3年，加西贝拉也因此获得联合国环境署颁发的"示范项目贡献奖"。

加西贝拉生产的压缩机能效比从之前不到1.0提升到了现在的2.1。这是什么概念？意味着同样一台冰箱，如果使用加西贝拉压缩机，电量至少省下了一半以上。

压缩机的单台重量从最初引进时的11千克多，降到如今最小的4.5千克。光是钢材、铜材就可以节省一半以上，节约了大量资源。

在国内冰箱压缩机行业，自主成功研发出了变频压缩机，彻底打破了国外垄断的格局，填补了国内的空白。

2021年，《电器》杂志组织了"金钉奖"评选活动，评选范围覆盖家电产业链上游全域，分核心零部件、材料、常规零部件三大板块进行奖项评选，并启动专家评审、整机采购人员评审、技术人员评审、媒体评审、大众评审多重机制综合评定参评产品，最终全国20款产品获得奖项，

浙江省有两个产品荣获奖项，加西贝拉全封闭压缩机 VTN1113Y 型为其中之一。

凭借技术创新，加西贝拉在冰箱压缩机行业的地位迅速提高。据朱金松介绍，如今他们的产品销往 30 多个国家的近 60 家冰箱品牌企业，在获得"联合国示范项目贡献奖""亚洲质量卓越奖""惠而浦全球质量卓越奖"等多项荣誉的同时，已成为国内唯一与世界十大品牌冰箱战略合作的企业。

在艰辛中崛起，在竞争中成长，在转型中发展。加西贝拉年产销量已从当初的 100 万台发展为 3000 万台以上，连续 20 年实现产销总量、产品性能、经济效益国内行业领先，出口销售连续 15 年位居行业第一，综合竞争力位居国内首位。2020 年 11 月 18 日，加西贝拉生产出了第三亿台冰箱压缩机。朱金松当年提出的要带领加西贝拉成为世界级企业，让加西贝拉压缩机成为全世界冰箱的心脏的这一愿望已经实现。

这几年，朱金松经常带领团队去全球各地参与收购考察，其中令他感到惊喜的是，竟然有几家全球著名的压缩机企业主动要求"被收购"，这不仅再次说明了加西贝拉已经确立了行业的翘楚地位，还显现了作为该行业领头羊的公司拥有越来越强大的吸引力。

在改革开放 40 周年、加西贝拉公司成立 30 周年之际，加西贝拉从哈萨克斯坦共和国阿拉木图市捧回了全国冰箱压缩机行业首个"亚洲质量奖"奖杯；在瑞典伊莱克斯总部，再次从全球第二大家电集团 3200 多家供应商中，夺取了亚太地区唯一的"优秀供应商奖"。

21 世纪的加西贝拉业绩非凡，但朱金松很低调、很谦逊。他说，作为红船旁的共产党员，这是他的使命和义务。

如今的朱金松，除了担任加西贝拉公司党委书记、总经理，还担任长虹华意公司总经理，长虹华意（荆州）公司、长虹华意（巴塞罗那）公司董事长，中国家电协会理事会副理事长，浙江省家电协会理事会理事长等职，正高级工程师，享受国务院特殊津贴，还荣获了"全国劳动模范""全国优秀企业家""中国家电十大创新人物"等称号。2019 年 9 月 23 日，朱金松还获授"庆祝中华人民共和国成立 70 周年纪念章"。

张学政，1975 年出生于广东省梅州市平远县，那是广东最僻远的一个县城。1997 年，他毕业于广东工业大学，毕业后先后在 ST 意法半导体有限公司任工程师，在中兴通讯股份有限公司担任总经理助理，在深圳市永盛通讯有限公司、深圳市永盛科技有限公司和上海唐劲数码科技有限公司担任总经理。丰富的从业经验，扎实的科创功底，赋予他自主创业、打开一片新天地的勇气和信心。2006年，张学政以10万元起家，组建团队，创办闻泰通讯股份有限公司，着手手机主板开发。2008年，闻泰通讯建起了手机制造工厂。

闻泰通讯建立以来的10多年，正是中国通讯技术高速发展和手机普及率迅速提高的时候，张学政抓住了这一难得的历史机遇，在手机制造业高手林立的环境中杀出了一条血路。他

兼并了若干公司，扩大自己的"地盘"。2011年1月25日，他成立拉萨经济技术开发区闻天下投资有限公司，担任董事长；2015年，闻天下持有中茵股份的股权比例由0%增至24.16%，成为公司的第一大股东，董事长由张学政担任。尔后，由上海研发中心、西安研发中心、深圳运营中心、嘉兴生产中心组成的中国闻泰集团得以成立，闻泰科技和闻泰通讯皆为中国闻泰集团的子公司。目前，中国闻泰集团产品涵盖了从2G到3G的GSM、CDMA、EDGE、TD-SCDMA、EVDO等全系列手持设备，年产值达数亿美元。

2019年6月，中国闻泰集团斥

闻泰通讯股份有限公司生产车间

资 268 亿元，收购荷兰安世半导体（Nexperia）的交易被证监会批准，张学政任安世半导体董事长。

2007 年 5 月浙江省通讯产业（嘉兴）基地暨闻泰手机产业化基地奠基，意味着张学政已把手机生产基地转移到了嘉兴科技城。嘉兴是一块创业创新的宝地，在这里，闻泰通讯发展壮大的步子迈得更加稳健，成长为行业的标杆型企业。2008 年，闻泰集团全年累计销售手机达 2300 万台。2009 年 12 月，闻泰集团再次荣登由 iSuppli 公司发布的"2009 年中国十大手机 IDH"排名榜榜首。

2018 年，闻泰通讯的全面屏手机上市，虽然只有手机屏几毫米的变化，却运用了很多科研成果。闻泰通讯每一款新手机上市前，都会历经 3 个月至半年的开发期。

在当下，手机的功能已十分齐全，它既是通讯工具，又是摄影、在线支付、娱乐的"百宝箱"，且其功能仍在继续丰富之中。对此，闻泰通讯始终紧盯用户需求，从最初的双卡双待，到指纹识别、双摄像头、人脸识别等，都是最先关注、最先运用的。

2018 年 5 月，闻泰通讯又推出了高通平台笔记本。这款刚刚在海外上市的笔记本电脑，因为取消了风扇装置，所以更薄、更轻，且可以连续使用 10 个小时、待机 24 个小时。更为关键的是，这款笔记本电脑自带 4G 通讯装置，摒弃了只能依靠 Wi-Fi 上网的传统模式，可以保持永远在线状态。

在嘉兴科技城，闻泰科技股份有限公司已连续多年销售产值超过百亿元，并多年雄居全区工业企业产值榜榜首，其一路领先的最大"法宝"，是它强大的科技团队和不惜代价的投入。每年闻泰集团都会将 15% 的利润用于科研投入，连续几年都高达 6 亿元。

目前，闻泰集团已是国家高新技术企业，并拥有核心发明专利 500 多项，很多国际领先品牌都与闻泰建立了合作关系。与此同时，闻泰也逐步完成国际化布局。张学政表示，未来闻泰通讯会形成国内 1 亿台、海外 1 亿台的生产能力，为中国的"手机出海"做出更大贡献。

如今的闻泰通讯，作为世界上最大的 ODM 企业，市场占有率超出 10%，为全世界流行电子器件品牌提供智能产品研发和智能制造服务，并有着丰富的中下游生产商资源。然而，张学政并不满足于此，面对 5G 浪潮的"汹涌来袭"，他认为闻泰通讯应该再次主动抓住难得机遇，站在这一浪潮的前端，进一步发展壮大自己。

"5G会带来全新的改变世界的浪潮，闻泰将依托我们在21世纪第二个10年所积累的规模、技术和行业NO.1地位，站在5G技术革命和浪潮的前端，从手机到平板、笔记本电脑、IoT、车载，不断地突破边界，在未来10年把5G技术普及到各行各业，我们相信21世纪第三个10年的闻泰将是一个无边界的闻泰。"张学政介绍说，"闻泰通讯一直致力于为客户提供最新的技术和产品。早在2018年，就开始5G领域的布局，包括投入过亿元新增5G研发试验设备、仪表；投入数亿元进行5G研发团队组建、各类产品的预研和开发工作；另外，闻泰通讯还对产线生产设备进行了大规模技术升级，可满足各类5G产品的生产要求。这些巨额的投入，保证了闻泰通讯可以率先为全球品牌商和运营商客户提供各类5G产品的研发和制造服务。"

正因为如此，在斥巨资收购了世界半导体巨头安世集团的大部分股权之后，张学政认为，闻泰集团不单是要带动安世在中国的发展，助力中国模拟IC公司把产品做好，更重要的是，安世将被打造成平台型公司，开放给全球所有模拟器件公司，快速帮助中国乃至全球的模拟IC公司实现量产和产品导入。如此一来，闻泰集团给终端厂商提供的创新能力将是领先的，可以说，这才是他未来想做的事情。

"在5G的风口中，闻泰集团能否打造成第四次工业革命的典范企业，能否成为行业中的领导者，推动中国从制造大国成为制造强国，关键仍在于是否发扬敢为人先的精神，切实做到科技创新。"张学政不无豪迈地说，"我一直觉得我们应该做正确的事情，应该去带动企业和行业迈向更高端，这才是行业引领者的方向，我们永远要想如何开拓新的水源和草地，带领群羊过来，这是头羊的任务，也是我们的责任。"

张学政充满信心地表示，2020年闻泰通讯积极面对很多不利的客观因素，在系统集成和半导体业务方面较大规模的投资将成为闻泰通讯未来高速增长的坚实起点。2021年，闻泰通讯将会进入高速大规模创新阶段，人们将会陆续看到很多"人无我有、人有我优"的产品，闻泰通讯半导体器件和系统集成业务的竞争力也越来越强。"长风破浪会有时，直挂云帆济沧海。"今后，闻泰通讯将加快向VR、车联网、新型笔记本电脑、半导体等领域延伸。相信闻泰通讯将在新时代谋得发展壮大，带动更多的优秀企业化蛹为蝶，在科技创新的道路上实现新的飞跃。

位于嘉兴科技城内的嘉兴斯达半导体股份有限公司，足以傲视同行的，是企业几年前即已形成的"独一无二"的技术优势：其IGBT芯片和功率模块填补了国内技术空白，打破了日本等国家的技术与市场垄断，并已成为国内IGBT领域产销最大、技术领先的专业研制和生产企业。

IGBT芯片和功率模块是什么？通俗点说，它是一个非通即断的开关，导通时可以看作导线，断开时当作开路，堪称电力电子行业的"CPU"。如今，小到家电，大到飞机、高铁、舰船、电网，传统的Power Mosfet（电力场效应晶体管）已被这一功率电子器件里技术最先进的半导体元件产品全面取代。然而，在以往，这一科技产品的研发和生产技术被日本、德国等外国企业所垄断，中国人想获取和应用这类产品，免不了被外国企业所牵制。缘此，"十二五"期间，IGBT芯片技术即被列为国家16个重大技术突破专项中的第二位（以下简称"02专项"）。

没想到，担任如此重大的创新科技项目研制任务的"龙头老大"，就在嘉兴科技城，斯达半导体公司的主营业务是从外部采购硅制功率MOSFET和IGBT，组装成功率模块后销售，主力产品为耐压600—1700V的功率模块。在"模组产品"方面，斯达半导体公司已处于领先地位，成为国内IGBT领域产销最大、技术领先的专业研制和生产企业，其产品早已被广泛应用于各个领域。

"老外除了资金实力大于我们，其他方面并不占据优势。"这是斯达半导体公司董事长、首席执行官沈华常说的一句话。在他心目中，斯达半导体公司之所以能成就一番事业，就是拥有自己独特的优势，无论是人才、技术、产品等都不逊色于国外同类企业。"天时，地利，人和"，保证了斯达半导体公司能在短时间内力争

嘉兴斯达半导体股份有限公司
董事长　沈　华

上游，走在前列。

沈华，原籍浙江海宁，14岁时就开始了大学生活，后又在美国耶鲁大学、麻省理工学院就读，2003年就已成为美国西门子公司（即英飞凌公司，国外IGBT领域巨头）半导体技术研发部高级工程师经理。即便在美国，这也是一份有着丰厚收入和舒服生活的工作了，但沈华执意放弃了这一切，选择回国创业。

"从2004年开始，我在当时工作的美国公司负责亚洲项目，每隔一两个月回国做调研，发现了一个很奇怪的现象，就是国内竟然基本上没有一家能自己制造IGBT模块的企业。在国外已很普及的IGBT模块产品，在国内却很难买到，不得不求助于国外。我国政府多次支持这个项目，还投入了大量资金，但均没有取得理想的结果。我觉得我既然有这方面的专长，就应该回来。"沈华的话语虽然很质朴，但其拳拳爱国之心令人感动。

带着20多项专利技术回国的沈华很快创建了斯达半导体公司。2007年6月，斯达半导体公司完成一期工程建设并投产。投产伊始，他首先选择IGBT等功率元器件作为企业的主导产品，把焊接装备行业作为公司的重要客户市场。按照沈华的创业思路，焊机对模块的要求非常高，能在难度大

的行业获得突破，那么进入其他行业则会相对容易，而电焊机行业市场潜力较大，正在使用的IGBT模块品牌较少，这也是沈华如此选择的重要原因。

作为一家科技创新企业，斯达半导体公司力求摆脱国外设计制造商的羁绊钳制，打造出中国品牌。"比如我们中国的逆变焊机其实一直都受制于国外的设计制造商，国外的模块也基本上只考虑国外焊机的需要，不太考虑中国市场的特定需求，国外元器件厂家也不会把最新、最好的产品第一时间投放到中国市场，这将制约我们行业的发展。"沈华说，斯达半导体公司研发的IGBT模块产品，彻底改变了这一局面，"焊机生产企业需要什么样的模块，我们就研发什么样的模块，我们要为焊机厂家提供最贴心的服务，而不是让焊机生产厂家被动接受现有的模块产品。"

不仅是电焊机IGBT功率模块，UPS、感应加热、新能源及新能源汽车、医疗电子和变频空调等领域的IGBT模块也不断被研制和生产。斯达半导体公司还与国内外多家著名厂家建立了战略合作关系，共同开发创新产品。2012年，斯达半导体公司获得了国家800万元的专项资金，用于新型电力电子器件的产业化研发与

生产。

2014年5月，斯达半导体公司设在德国的欧洲研发基地成立，投资约100万欧元。成立这一研发基地的目的，是希望通过新的研发基地开发新的功率器件技术和材料，并将成果应用到产品中。值得一提的是，斯达半导体德国研发基地的另一项重要任务，是为了加入ECPE（欧洲电力电子中心）。它是欧洲电力电子技术领域的综合型联盟，可谓欧洲电力电子技术的中枢。全世界约有70家重量级企业加入了ECPE，而加入ECPE的条件之一便是在欧洲设有研发基地。可见，斯达半导体公司申请加入ECPE后，将有效提升ECPE最尖端的功率电子技术等高新科技产品的研制能力。

2020年1月，嘉兴斯达半导体股份有限公司首次公开发行A股。在成绩面前，沈华表现得很谦逊，因为他着眼于未来。今后，斯达半导体公司将坚持以市场为导向，以创新为驱动，以提高公司经济效益和为社会创造价值为基本原则，致力于成为世界顶尖的功率半导体制造企业。

三　争创一流，将激情化作稳健前行的步伐

不怕挫折，不满足于现有成果，在磨炼中掌握技能，在创业中成长，争创一流的作风和劲头，丰富的阅历、开阔的视野和清晰的思路，让他们拥有不竭的挑战激情和勇气。他们的目标永远在前方……

黄鹤，1976年出生于江苏徐州，1991年考入浙江大学生物医学与工程专业，主要研究方向为临床检验类产品的研究开发。1996年，就在即将毕业之际，他有了一个让自己都颇为吃惊的想法：放弃读研，去外企工作。他给的理由是，只有走上了社会、丰富了阅历，才会有实力和底气去攀登事业的高峰。

就这样，毕业后的黄鹤先后在

嘉兴凯实生物科技有限公司总经理
黄　鹤

上海高旗电子有限公司、上海Burdick医疗器械有限公司担任研发工程师和生产工程师。1998年，他又来到PerkinElmer life Science生命科学部（环境分析、体外诊断等领域）任部门经理。在走出校门的近10年时间里，他辗转供职于多家外企，在不同的企业、不同的岗位转换中实现自我的充实和完善。

2005年，正在事业如日中天之际，黄鹤却选择了出国创业，携全家到加拿大定居，一边留学一边办公司，嗣后的凯实生物科技公司就在这个时候开始酝酿。而当他国外公司的生意开始有所起色时，他又杀了个回马枪，回到国内重新创业。上海凯实生物科技有限公司就在这时成立。

2006年，出于运作成本等多方面的考虑，黄鹤决定把公司迁出上海。为此，他在长三角一带各个城市考察，最终落户嘉兴科技城。"当时，嘉兴科技城已经建设了以浙江清华长三角研究院和浙江中科院应用技术研究院为核心的'双核六园'创新平台，这在全国也是领先的。这里重视创新的氛围，支持创新的一系列政策让我印象深刻。"黄鹤说。就这样，嘉兴凯实生物科技有限公司于2009年在嘉兴科技城开业，当年第一个产品全自动加样仪即上市。

刚到嘉兴的时候，公司只有15名员工和800平方米的生产场地，而如今，员工数已达到110人，生产场地达4000平方米。经过多年的努力，截至2013年，在黄鹤的带领下，凯实生物已经发展成为国内第三方仪器研发和制造领域的先行者，可以为各细分行业内的领导者提供多样化的研发和制造外包服务，业务领域涵盖免疫诊断、核酸诊断、微生物、病理诊断、生化检测等多个细分领域。

2013年，黄鹤又在杭州开了分公司，专门从事研发工作。一般的科技型企业如果没有10年左右时间的积累，很难做到产值上亿元。不过，对于凯实生物来说，黄鹤颇有信心地说："其实，在做检验设备方面，我们公司的综合实力已经是全国领先了，大概能排在前 5 名左右。中国高端医药器械的市场需求很大，而且还在不断增长。未来几年，可能会高达几百亿元，从目前的情况看，我们公司产值过亿元应该是很快的事情。"

如今的凯实生物致力于生命科学领域内仪器研发、制造、销售和服务。公司拥有优秀的研发团队和标准生产体系，为体外诊断行业、生命科学研究领域提供多种科技产品。公司研发的全自动标本处理系统和均相时间分辨荧光仪都填补了国内空白；公司还努力为国内诊断试剂生产厂家和生命科学研究单位提供和进口设备水平同步的解决方案，共同推进国内临床诊断市场和生命科学技术的发展。

1991 年，毕业于武汉大学电子学

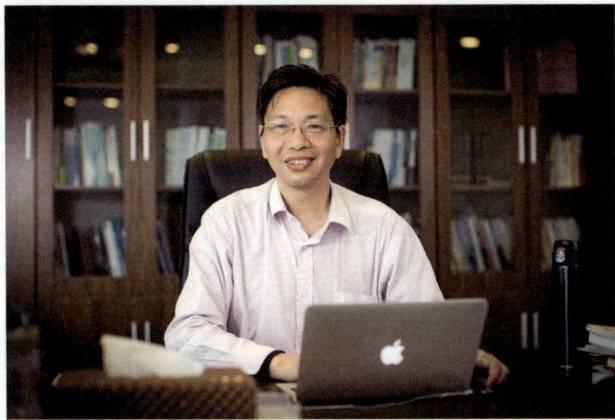

浙江谱创仪器有限公司董事长　张新民

专业的张新民，被分配到当时全国最大的两家分析仪器厂之一——北京分析仪器厂工作。短短几年，他就从一名普通的技术人员成长为光谱仪器研究室的主任，主管技术开发工作。正是这段工作经历，让张新民看到了科学检测仪器在未来的成长空间。

尽管成了首都国企的技术精英，但张新民并未醉心于此。受家乡浙江温岭民营企业家成功事例所触动，他的创业之心开始萌动，且一发不可收。为了给自主创业铺路，1996 年，张新民重返校园，在清华大学经管学院攻读 MBA。在这里，他牢牢把握住了掌握前沿知识的机遇，聆听来自知名企业家的声音，努力开拓眼界，思考自己的现状和今后的发展。当然，在这里，他也学了经济学、管理学等方面的专业知识，懂得什么叫市场定位，怎么搞市场营销，如何写创业计划书，怎样克服创业中的难点，等等。

1999 年 3 月，张新民和他在北京分析仪器厂时的同事一起注册成立了自己的公司，由他亲自设计、生产、销售的水油分析仪正式问世。2001 年 3 月，经过产品调整，北京华夏科创仪器技术有限公司成立，致力于专用化仪器的研发和销售。2005—2008 年，公司开发的一系列关于油品分析的仪器在当时国内油品检测市场的占比已达70%。

然而，在接下来的日子里，张新民和他的公司遭遇了瓶颈。由于找不到新的业务增长点，公司的营业额一直没有出现明显的增长。好在张新民敏锐地捕捉到了水环境和食品安全监测领域的市场新需求，他认为，人类社会越发展，对污染的关注度就越高，尤其是食品、水这些和民生息息相关的领域，相关的检验检测市场需求巨大。张新民及时调整经营策略，积极研发新产品，决定把公司的主要产品转移到食品安全检验检测专用设备上来。

更重要的转折点发生在2007年。这一年，张新民参加了仪器仪表行业协会组织的赴日参观交流活动，其中半个月时间在横滨的一家工厂学习产品质量管理。"这家工厂产能很大，却能实现零库存，因为所有零部件供应商都位于工厂100千米以内。"日本工厂留给张新民最强烈的印象是严谨的管理、高效的运作，这让他感慨不已。

张新民认定，其时日本工厂的这套管理和运作模式，在北京是做不到的。为此，他又到一些外资企业在华工厂进行调研参观，发现几乎所有的外资工厂都设在长三角、珠三角一

带，离供应商近，配套方便，产品质量也更有保证。张新民是嘉兴女婿，他觉得理想之地就在这里了。经过几番考察和分析，2008年，华夏科创旗下的全资子公司——浙江谱创仪器有限公司在浙江清华长三角研究院总部创新大厦落户，成为公司在长三角区域的技术研发、销售和生产基地。

在各种特定的狭缝市场上寻找需求，很难解决的一点就是需求差异导致的对自身研发迁移能力的挑战。对此，张新民的发展思路也很明确："通过做测油仪，延伸到对水的关注、对食品的关注并以此为发展思路进行扩展；另外，对自身的了解，使我们清楚哪些需求我们可以解决，哪些需求我们不能解决。"

也就是在2008年，"三聚氰胺"事件爆发，一场席卷全国的食品安全监督体系大建设拉开了帷幕，"让有毒物质现原形"的食品安全检测遇到了千载难逢的"政策市"。

张新民便在食品安全检测行业的各个领域全面出击，公司所生产的农残速测仪、兽残速测仪、地沟油快速检测仪和三聚氰胺速测仪等产品无不成为抢手货。向食品领域的扩展让华夏科创获益巨大。用张新民自己的话说，"一不小心，食品安全检测居然成了一个产业"。

走产品差异化道路，也是张新民成功的窍门。"国外的专用仪器是在通用仪器的基础上针对某一项应用内置专用仪器或者外加一些专用配件等。进口仪器本来就比较贵，如果我们也在它们的基础上进行专用化的设置就没有意义了。我们所做的专用化的仪器是将仪器重新设计，虽然原理没有变，但是仪器简化了，价格降低了。"同时，在产品研发过程中，谱创仪器还特别注重差异化的创新设计。体积变小了，功率缩小了，仪器本身的性能指标不会有太大的差别，但搬到现场之后优势就很明显地体现出来了，如抗震，防潮，体积小，重量轻，功耗低，等等。

2012年10月，浙江谱创食品安全检验检测专用设备、仪器自主化项目启动开工仪式在嘉兴科技城举行；2012年上半年，谱创仪器获得君联资本（原联想投资）的股权投资；2012年5月，与德国西门子公司在上海成立合资企业谱创（上海）仪器有限公司；2014年初，总投资1.3亿元的谱创食品安全检验检测专用设备、仪器自主化项目——建筑面积达1万多平方米的华夏科创大厦在嘉兴科技城内拔地而起。至此，谱创仪器完成了从研发、制造到后期销售的优化分工，更合理整合了北京、嘉兴、上海三地的区位优势，达到资源利用的最大化。

"企业的发展不仅要依靠政府的支持，更要面向市场，瞄准客户。"张新民表示，"公司在初创阶段，要以为客户提供单一产品为主，进入发展阶段之后，更希望能为客户提供组合产品，把谱创仪器打造成一家能够提供检测仪器解决方案的企业，为客户提供更加专业的解决方案，直至做独立的第三方检测服务。"如今，谱创仪器已从最初的单台仪器生产销售，发展成为集饮食安全检测仪器生产和销售服务于一体的综合性服务体系，为环保、水利、供排水、疾控、农业质检、政府饮食监管机构以及企业等提供整体解决方案和技术支持。

闫超所在的博创科技股份有限公司位于嘉兴科技城内，是一家以研制、开发、生产和销售通信产品为主的企业。加入该企业的10多年间，闫超一直负责新产品的开发和导入生产工作，他深知市场竞争激烈，更明白新产品开发的重要性，因为这是企业赖以生存和发展的命脉。入职至今，他从不敢有一丝一毫的懈怠，几乎全身心扑在了产品的研发工作上。

通信行业更新换代速度非常快，从事该领域的人员一不小心就会跟不上发展的脚步。善于学习的闫超，

博创科技股份有限公司有源产品事业部
部长、职工监事　闫　超

一个人的力量毕竟是有限的，尤其是创新研发工作，需要团队协同合作。闫超亲自点将，在公司组建了一支"光有源产品研发团队"。长久以来，闫超一直做着"传、帮、带"工作。他着力培养年轻技术员，把长期积累的工作经验毫无保留地传授给技术新人，目的就是让他们有独立思考和工作的能力，提高研发团队的整体水平，打造一支凝聚力强、战斗力强的研发队伍。

能一直走在通信技术研发行业的最前列，其秘诀就是不断用新知识来武装自己的头脑。即便再忙，他也要在每天抽出时间，查阅相关文献资料，时刻关注国内外通信行业的新动向。正是这般良好的学习状态，使闫超有了开阔的视野和清晰的工作思路。

闫超既是个工作狂，又是个技术狂，他能根据客户提供的图纸和文件，仔细钻研学习，精心把握每一道工艺的流程和要点，反复动手尝试，不断用新思路和新方法，去解决工作中遇到的各种新问题。他愿意从实践中考验自己，并获得创新的灵感。长年如此，闫超不仅成了公司的技术骨干，还成长为该领域的创新技术能手。如今的他，还担任了博创科技股份有限公司有源产品事业部部长、职工监事。

闫超深知分工与合作的重要性。他首先对研发团队进行了精细化的分工，明确每个人的工作职责，还密切关注着每位技术员的成长和发展，并每天抽出一定时间与技术员进行耐心细致的交流和沟通，肯定优点，指出不足。同时，他又尽可能地发挥团队合作的力量。每当研发团队成员在工作中遇到瓶颈，闫超会第一时间帮助他们调整工作思路和方案，给出合理化的建议，发挥各自作用，并形成合力。

这几年来，以闫超为主导的光有源产品研发团队运用专业技术知识，大胆实践和探索，在技术革新上有了质的飞跃，赢得赞扬声一片。

最值得一提的是 2015—2018 年间，闫超和研发团队顺利将数据中心用高速 40G 和 100G 光接收次模块产品，从国外转产到了嘉兴生产线进行批量生产。数据中心用光接收次模块，这是光收发模块的核心部件。在闫超的带领下，短短几个月内，研发团队就摸透了光接收次模块产品的原理和工艺要点。

为了更好地完成数据中心用高速40G 光接收次模块新产品的导入，闫超和团队不分白天黑夜，天天泡在车间，对一线作业和技术员工进行技术培训，直到他们掌握各步骤的工艺要求。在闫超和团队以及所有人的共同努力下，仅花了 4 个月时间，博创科技就完成了样品交付和小批量生产任务，并在半年内实现大批量生产，产品质量和数量均取得突破，同时合格

率和效率也取得了突破，得到了客户的大力赞赏。

"钻研然而知不足，虚心是从知不足而来的。虚伪的谦虚，仅能博得庸俗的掌声，而不能求得真正的进步。"这是著名数学家华罗庚有关钻研与进步的箴言。迄今为止，闫超先后取得国家授权的发明和实用新型专利共计 7 项，每一项都凝聚着闫超的心血，每一项无不是潜心钻研、敢为人先的产物。他乐于沉入其中，在堪称艰苦的钻研中努力探索、掘进，获得新的发展、新的成功，由此获得令他迷醉的快乐。"光有源研发团队"如今已获得南湖区"工人先锋号"的荣誉称号，团队的成员也都个个成了技术高人。年轻而成熟的闫超期待，有更多创新成果在执着的钻研中不断问世，而自己将继续成为那个孜孜不倦的全力推动者。

第七章

接轨长三角一体化，
我们在奔跑

区位、交通、人才、产业这四大关键要素，决定了嘉兴科技城将加速融入长三角经济浪潮中，成为"逐浪"长三角的重要窗口。

围绕"微电子、智能装备、生物医药"三大主导产业，打造享誉长三角的产业地标。

审时度势，高起点、高标准规划嘉兴南湖微电子产业平台，加快形成"一心三区"的格局。

一 抢抓机遇，打造加快发展新增长极

抢抓长三角区域一体化发展上升为国家战略这一重大历史机遇，进一步明确嘉兴在区位、交通、人才、产业这四大关键要素上的明显优势，大力拓展结对平台，全面开展各类对接活动，深化接轨上海和融合长三角一体化。

2016年5月11日，国务院常务会议通过了《长江三角洲城市群发展规划》，提出培育更高水平的经济增长极，目标是到2030年，把长江三角洲全面建成具有全球影响力的世界级城市群。

2019年5月13日，中共中央政治局会议审议通过《长江三角洲区域一体化发展规划纲要》（以下简称《规划纲要》）。长三角G60科创走廊被纳入《规划纲要》，上升为长三角一体化发展国家战略的重要组成部分。《规划纲要》明确，"依托交通大通道，以市场化、法治化方式加强合作，持续有序推进G60科创走廊建设，打造科技和制度创新双轮驱动、产业和城市一体化发展的先行先试走廊"。

为全力打造世界级先进制造业集群，《长三角G60科创走廊贯彻落实

〈长江三角洲区域一体化发展规划纲要〉实施意见》明确编制《长三角G60科创走廊高质量一体化现代产业体系建设行动纲要》等文件，围绕人工智能、集成电路、高端装备、生物医药、新能源、新材料、新能源汽车七大先进制造业产业，纵深推进现代产业体系高质量一体化建设。发挥上海龙头的带动作用，加快建设产业协同创新中心，积极发展总部经济；以开发区为主体，积极发展飞地经济，共建合作示范产业园区。完善科创企业金融服务，将实体化运营上交所资本市场服务G60基地；在G60科创母基金等基础上，探索建立资本市场支持先进制造业一体化发展母基金。

长三角的经济总量占我国的20%左右，在国际上横向比较，与整个印度相当。专家认为，在这样的基础上，只要政府因势利导，到2030年长三角城市群完全有能力建设成和世界五大城市群（美国东北部大西洋沿岸城市群、北美五大湖城市群、日本太平洋沿岸城市群、欧洲西北部城市群、英国中南部城市群）并肩的世界级城市群。

此次通过的《长江三角洲城市群发展规划》，对长江三角洲城市群的定位和功能提出了明确而具体的要求，那就是要打造改革新高地，推广自由贸易试验区、自主创新示范区等改革经验，在政府职能转变、体制机制创新方面先行先试；争当开放尖兵，大力吸引外资，扩大开放，推进贸易便利化，促进外贸稳定发展和升级；带头发展新经济，实施创新驱动发展战略，营造双创良好生态，强化关键领域创新，发展现代服务业；以生态保护提供发展新支撑，实施生态建设与修复工程；创造联动发展新模式，推进都市圈同城化发展，构建综合交通体系，促进基础设施互联互通。其中以上海为核心的长江三角洲城市群，承担着当好长江经济带的"龙头"、带动全流域发展的重要使命。

2018年11月5日，习近平总书记在首届中国国际进口博览会上宣布，支持长江三角洲区域一体化发展并将其上升为国家战略。这块我国经济发展最活跃、开放程度最高、创新能力最强的区域，从此承担起非同寻常的国家使命。

2019年3月，李克强总理在《政府工作报告》中再一次提出"将长三角区域一体化发展上升为国家战略"，到2030年，全面建成全球一流品质的世界级城市群。

2020年8月20日，习近平总书记在合肥主持召开扎实推进长三角一体化发展座谈会并发表重要讲话。习近平强调："面对严峻复杂的形势，要更好推动长三角一体化发展，必须深刻认识长三角区域在国家经济社会发展中的地位和作用。第一，率先形成新发展格局。……长三角区域要发挥人才富集、科技水平高、制造业发达、产业链供应链相对完备和市场潜力大等诸多优势，积极探索形成新发展格局的路径。第二，勇当我国科技和产业创新的开路先锋。……上海和长三角区域不仅要提供优质产品，更要提供高水平科技供给，支撑全国高质量发展。第三，加快打造改革开放新高地。近来，经济全球化遭遇倒流逆风，越是这样我们越是要高举构建人类命运共同体旗帜，坚定不移维护和引领经济全球化。"

一切都已意味着，未来10年，长三角一体化的高质量发展将全面爆发；未来20年，长三角将成为中国发展速度最快最优、全球一流品质的经济中心区域。

那么，长三角城市群（三省一市，共26座城市）之中，谁会在一体化的时代风口之下显露锋芒？谁会在高质量发展的赛场上跑出新速度？

众所周知，区位、交通、人才、产业这四大关键要素，往往决定了一座城市的未来命脉。随着长三角一体化发展的加速，谁能执掌这四大核心要素，谁就能在一体化发展中拔

得头筹。综合比较这26座城市的各自优势，毋庸置疑的一个事实是：拥有千年人文历史、处于时代中心的嘉兴，正拥有独一无二的"天选"优势！

从区位优势上看，嘉兴正处在长三角城市群之重心。俗谚有云，"上有天堂，下有苏杭"，而嘉兴恰好位于上海、杭州、苏州、宁波等长三角万亿俱乐部的地理中心，区位优势可谓万中无一。

2017年，浙江省政府批复同意嘉兴设立浙江省全面接轨上海示范区，在交通、医疗、教育等方方面面与上海国际化都市逐步接轨，沪嘉同城加速。2019年，嘉兴和杭州签订《杭州市—嘉兴市长三角一体化战略背景下共建都市区合作框架协议》，在推进公共服务一体化中，两地在教育、医疗、体育、医保等领域，不断健全一体化合作机制。

沪嘉杭三城合一，嘉兴站在一座超大城市和一座特大城市之间，能同时享有中国两大顶级城市的资源赋能，其发展动能岂能小觑？

从交通设施上看，嘉兴正处于长三角交通各大枢纽之核心，沪嘉杭一小时生活圈早已形成。陆地交通方面，嘉兴已汇聚沪嘉轻轨、沪杭高铁、苏嘉甬铁路，以及G60沪昆高速、乍嘉苏高速、常台高速、沈海高速、

申嘉湖高速、苏绍高速、练杭高速、杭州湾环线等超过8条高速公路，串联成巨无霸立体交通系统；在航空方面，继虹桥机场、浦东机场、萧山机场、硕放机场等机场之外，嘉兴自己的机场即将落成；在海运方面，嘉兴是杭州湾北岸唯一有深水良港的城市，有较长的海岸线，可通过海河联运成为航运枢纽。海陆空巨无霸交通枢纽内联外通，如此明显的优势，在长三角各城市中也是少有的。

从人才聚集上看，嘉兴扼守G60科创走廊，全方位无缝承接上海的服务业、科创产业等多领域的产业转移，这将吸引大批世界名企入驻，吸引10万多名高素质的科创"沪产"人才流入，嘉兴的人才优势由此可知。

从产业发展来看，有"江南硅谷"之称的嘉兴科技城，是最有代表性、最具实力和潜力的。2015年，嘉兴科技城即已晋列浙江省高新科技城之中，作为全国双创示范基地，与阿里巴巴集团总部所在的杭州未来科技城、杭州青山湖科技城、宁波新材料科技城并列为浙江四大科技城。

嘉兴科技城占据G60科创走廊门户，扼守上海资源导入接口。拥有浙江清华长三角研究院、浙江中科院应用技术研究院两大国家

级研究平台，集聚了近1000家高新名企，其中包括国家高新技术企业130家、省科技型中小企业296家、领军人才企业260余家，诞生了一批以闻泰通讯、加西贝拉、斯达半导体、卫星石化为代表的龙头企业。

2018年，在由浙江省发改、财政、统计局联合通报的"2017年度省级现代服务业集聚示范区综合评价成绩单"上，嘉兴科技城成为全市排名最前的服务业集聚示范区。2019年度，嘉兴南湖高新技术产业园区（嘉兴科技城）跻身全省前五，综合得分列省级创建高新区第一名，也是全省前五名中唯一一家非国家级的高新

嘉兴科技城区位图

区，并获评"浙江省高新技术产业园区建设突出贡献集体"称号。2020年，嘉兴科技城实现规上工业产值448亿元，增长7.4％；财政总收入21.8亿元，增长2.3％，其中，地方一般公共预算收入完成7.74亿元，增长0.2％。嘉科集团总资产突破250亿元，成功获得AA＋评级。嘉兴科技城党工委荣获"浙江省抗击新冠肺炎疫情先进集体"称号。

2020年8月7日下午，在长三角最具活力的上海大虹桥商务区虹桥世界中心D3幢7楼，南湖智立方（上海）中心正式开园。在当天举行的南湖区招商引资推介会活动中，嘉兴科技城与檏盛投资、氢宇（上海）细胞生物技术、上海威固信息技术成功签约。至此，嘉兴科技城在上海又拥有了一个深入长三角腹地的高能级招商平台。

中共一大会议在上海开幕、在南湖闭幕，将南湖与上海系上了难以割舍的红色纽带，两地拥有共同的红色基因。同时，南湖与上海地缘相近、文化同源，经济上更是相融。据统计，南湖区3成多工业产品为上海支柱产业配套，4成多农副产品输送上海市场，6成多产业项目借力上海平台招引，8成多出口商品通过上海口岸通关。越来越多的南湖人活跃在上海的各行各业，越来越多的上海人到

南湖创业置业和旅游休闲。

在南湖智立方（上海）中心开园仪式上，中共南湖区委书记、嘉兴科技城党工委书记朱苗表示，创新是南湖最鲜明的标识，要以包容的胸怀，把中心建设成为集聚创新要素的"新场景"，南湖区将全力支持入驻企业加快技术创新、体制机制创新和商业模式创新。同时，要以变革的勇气，把中心建设成为育成高新项目的"梦工厂"，以最快速度实现中心实质性运作，加快签约项目的落地运营，围绕南湖区"1341"产业布局，对接"上海制造"，重点围绕数字经济、集成电路、高端装备制造等产业领域开展招引。

朱苗指出，服务是最大的供给，真诚是最好的品牌，要以至善真情，把中心建设成为展示高效服务的"金名片"，各部门和中心工作人员都要全力当好"店小二"，做好主动服务、高效服务、优质服务的文章，并对标"上海服务"积极参与长三角标准一体化建设，在中心打造"最多跑一次"改革和"智立方"服务的升级版。

事实上，上海早已成为嘉兴科技城"逐浪"长三角的重要窗口，并以此为辐射加速融入长三角经济浪潮中。嘉兴科技城大力拓展结对平台，全面开展各类对接活动，深化接轨上海和融合长三角一体化。南湖区推进

与上海杨浦区双创共建，继2018年在上海杨浦区主办了2018年"创响中国"活动之后，2019年在嘉兴科技城举办了2019年"创响中国"活动，为全国"大众创业，万众创新"活动周主会场预热和营造气氛。

嘉兴科技城作为南湖区经济发展的主平台，主动加强与国家级松江经济技术开发区的战略合作，与闵行国际商会等平台签订合作协议，于2019年4月24日在上海举办了以"聚焦现代服务业·融入沪嘉杭同城"为主题的嘉兴科技城服务业招商推介会，并和多家国家检验检测高技术服务公司进行洽谈。

"据不完全统计，近年来，嘉兴科技城来自以上海为主的长三角产业项目，就占到了总引进项目数的约4成。"嘉兴科技城招商局局长吴萍介绍，"2020年，嘉兴科技城数字经济产值比上年同期增长27.5%，新引进省级以上领军人才同比增长10%，新引进2个百亿元项目、2个十亿元项目、4个超亿美元项目，这些项目很多就是从上海引进的。"

除了获得上海经济辐射的利好，充分发挥嘉兴科技城区位、科技、产业基础的优势，以数字经济等产业为导向，2020年以来，嘉兴科技城已把招商引资的触角延伸至长三角其他城市，从杭州、苏州等城市招引的项目、人才明显增多，各城市间的协作、联系也更为紧密，为嘉兴科技城闪亮的"成绩单"添上了精彩的一笔。

2019年10月，嘉兴科技城管理委员会与上海市杨浦区五角场街道、南京市雨花经济开发区管理委员会、杭州市余杭区南苑街道、合肥高新区孵化器服务中心签订了"长三角区域创新创业合作共建协议"。至此，五方将建立长期战略合作关系，合力构建协同创新共同体，在互通共融中"抱团"壮大。

"我们还将国家双创示范基地作为切入点，将江苏、安徽、浙江、上海三省一市联合，通过组建双创示范基地联盟等形式开展各项合作。一方面，我们针对龙头企业，针对大项目进行招引；另一方面，我们更加侧重的是通过人才的引进，进行产业化。"嘉兴科技城科技产业和经济发展局局长尉国斌说。

作为嘉兴科技城全速推进的一号工程，以嘉兴科技城为主阵地，南湖区已集聚数字经济直接关联企业500多家，2020年规上数字经济制造业产值规模位列全市第一。长三角一体化是集聚与辐射相辅相成的一体化，在此大背景下，嘉兴科技城突出微电子、智能装备、生物医药，并逐步形成了日益鲜明的产业个性。以产业为导向，2020年上半年，亚瑟医药和安家药业两个百亿生物医药产业项目的引进，加速了嘉兴科技城标杆产业的打造。

在南湖区的产业蓝图中，以嘉兴科技城为主平台，除了发展数字经济，南湖区还通过签约一批项目，助推生物医药产业链扩张实现产业化发展，打造更深层次、更宽领域、更具国际性市场竞争力和影响力的大健康产业高地。

浙江清华柔性电子技术研究院的门口，有着这样两块牌匾："华天和科技创新中心"（与上海清申科技共建）、"柔性电子系统可靠性联合研究中心"（与上海交通大学共建）。同样，在脉通医疗科技（嘉兴）有限公司的一楼

2020年8月6日，上海大学（浙江·嘉兴）新兴产业研究院与浙江新安化工集团股份有限公司签订战略合作协议

展厅内，"生物医用金属材料联合实验室"（与上海理工大学共建）以及"微创伤介入纤维材料技术联合实验室"（与东华大学共建）的两块牌子也格外显眼。牌匾虽小，却彰显着嘉兴南湖高新区正积极融入长三角一体化。

围绕"微电子、智能装备、生物医药"三大主导产业，牢牢把握"以长三角一体化引领高质量发展"机遇，嘉兴科技城近年来坚持科技创新、人才创新、产业创新这条发展主线，加速资源流动，创新联动长三角一体化。被誉为"世界冰箱的心脏"的加西贝拉压缩机有限公司，抓住长三角一体化发展的良机，与上海宝钢共建了联合实验室，合作研发冰箱压缩机的硅钢片，希望降低电机硅钢片的成本并提高性能。而该公司也凭借技术优势，成为长三角G60科创走廊工业互联网标杆企业。

2020年8月初，上海大学（浙江·嘉兴）新兴产业研究院与浙江新安化工集团股份有限公司在嘉兴科技城签署战略合作协议，双方将聚焦国家战略及产业重大需求，围绕以纳米技术为核心的新材料，开展一

流的科技创新及成果转化工作，打造高质量院企合作平台。

上海大学（浙江·嘉兴）新兴产业研究院，仅是近年来嘉兴科技城引进的科研平台之一。在最早引进的浙江清华长三角研究院、浙江中科院应用技术研究院的基础上，这几年来，嘉兴科技城又引进了浙江清华柔性电子技术研究院、嘉兴区块链技术研究院等一批创新载体，围绕创新载体建设，聚焦顶尖科技研发方向，不断把先进技术引导进来并进行成果转化。有了大量科研平台的集聚，嘉兴科技城在长三角的影响力不断提升，对人才的磁吸力进一步增强，加速了"凤栖梧桐"的进程。

二 首位战略，竖起长三角产业"新地标"

坚持创新驱动，推进载体建设，加快要素集聚，推动成果转化，构筑创新创业生态链，是今后一个时期嘉兴科技城的发展路径。围绕"微电子、智能装备、生物医药"三大主导产业，努力打造享誉长三角的产业地标。

2020年5月10日，又一则好消息从嘉兴科技城传出，嘉兴科技城与信息产业电子第十一设计研究院（简称"十一科技"）签署战略合作框架协议，双方将本着互利、资源共享、优势互补、合作共赢的原则，结成战略伙伴，建立体制机制创新平台，深入合作共促发展。

十一科技是一家专门从事工程咨询、工程设计和工程总承包业务的大型综合性工程技术服务公司，是中国半导体行业设计及施工的领军企业，近几年来在第三代化合物半导体领域取得了突破性的进展，为全生产线的上下游客户提供专业服务，至今已完成从材料、外延、芯片到应用等各类化合物半导体工程项目70余项。

2019年11月，氮化镓射频及功率器件项目签约落户嘉兴科技城，十一科技就是该项目的EPC合作伙伴，与嘉兴科技城建立了良好合作关系。此次双方正式签署战略合作框架协议，十一科技在微电子产业的行业地位、项目资源以及丰富的设计和建筑经验，将极大助力嘉兴科技城打造微电子行业特色产业链，推动南湖区建立健全微电子产业战略布局。

作为浙江省最早规划建设的科技城，嘉兴科技城的微电子产业链已具备一定特色，产业链上下游协同效应明显。作为南湖微电子产业平台的核心区，嘉兴科技城进入了全力打造微电子行业特色产业链加速期。

科技创新资源的富集，推动了嘉兴科技城半导体产业蓬勃发展，从半导体原料（硅片）制造、集成电路芯片设计和封装测试到智能终端研发生产应用，形成产业链。斯达半导体填补了国内IGBT芯片和功率模块技术空白；芯动科技专注于高端MEMS产品生产加工，具有全产业链、全自主知识产权，是中国最先进的高端MEMS器件加工平台之一；国内最大的手机ODM公司——闻泰通讯在2019年收购了安世半导体，向产业链前端、价值链高端渗透；昱能科技的微型逆变器市场占有率全球第二；天通精电是天河系超级计算机生产基地，也是国内七大通讯终端产品企业的供货商。

2020年7月底，在广东清远举办的"2020光连接大会"上，来自嘉兴科技城的博创科技的硅光模块解决方案斩获"2020年最具影响力特色光模块产品"大奖。博创科技于2020年初推出了高性价比的400G数据通信硅光模块解决方案，集成后的芯片体积大幅度减小，可以利用成熟的COB技术封装，大幅简化光模块的设计和制造，有利于规模化生产。嘉兴科技城里的企业在这一领域的非凡业绩，受到了与会者的极大关注和钦佩。

同时，嘉兴科技城将加强长三角高端制造业协作，主动招引承接一批高档数控机床、汽车及关键零部件、机器人与智能装备领域领军企业项目，让优质项目在南湖区和嘉兴科技城有更好的布局和发展。实施"百亿项目引领"工程，推进制造业高质量发展示范区建设，对接"上海制造"品牌，紧盯上海、杭州、苏州等数字经济资源富集地区，集聚一批数字经济重大产业项目。

2021年2月19日，南湖区2021年一季度重大项目集中开竣工活动在嘉兴科技城平谦国际（嘉兴）现代产业园二期项目现场举行。南湖区领导朱苗、邵潘锋、赵建峰、徐明良、许翔，嘉兴科技城党工委、管委会领导曹建弟、张建华、潘聪、杨玲珠、翟剑峰出席活动。

嘉兴科技城平谦国际（嘉兴）现代产业园二期项目地处科技城核心区域，计划总投资 10 亿元，将着眼于高端装备制造、汽车零部件、半导体及医疗器械等产业的招引，构建"高端制造国内总部＋生产基地"的升级版区域合作新模式。

2021年2月19日，平谦国际（嘉兴）现代产业园二期项目开工

嘉兴科技城党工委副书记、管委会副主任曹建弟在集中开竣工活动仪式上指出，作为南湖区经济发展和科技创新的主平台，近年来，嘉兴科技城始终秉承姓"科"发展理念，以科技创新、人才创新、产业创新为主线，量质并举推进"双招双引"、产业培育、有效投资等工作，努力推动实体经济实现高质量发展。2021年，嘉兴科技城将坚持把项目作为提升经济总量、增强综合实力、聚集发展后劲的根本，以开竣工活动为契机，以"开局就要奔跑，起步就要冲刺"的精气神，为全区扩大有效投入展现首位担当。

首位战略，指的是在所有重大战略中，处于最前沿、地位最重要、任务最迫切的战略；首位担当，指的是必须首先承担的责任，必须首先克服的困难，必须首先干成的事情。

随着南湖区把全面融入长三角一体化发展作为首位战略，努力在接轨上海、融入长三角一体化发展上显作为、促发展之后，嘉兴科技城把紧抓一体化引领高质量发展，竖起长三角产业"新地标"作为自己的首位战略，全面推进"科技创新、人才创新、产业创新"三大创新工程，目标到"十四五"末，实现综合实力迈向千亿能级、创新型产业集群倍增式发展、应用创新和原始创新加速"双提升"、创新创业生态构筑一流体系，建设成为浙江高能级战略平台，力争创建国家级高新区。

三　"一心三区"布局，富集科技创新资源

以嘉兴南湖微电子产业平台建设为契机，布局"一心三区"，构建半导体原材料（硅片）制造、集成电路芯片设计和封测、智能终端研发生产应用协同发展，技术研发、创业孵化、产品应用等同步推进的新产业生态体系。

"近几年来，嘉兴科技城微电子产业发展基础不断得以夯实。我们规划了'一心三区'产业布局，并依托'一心三区'产业布局，将聚焦半导体原材料（硅片）制造、集成电路芯片设计和封测、智能终端研发生产应用的协同发展。通过整合区域产业链、创新链、资金链，实施一批标志性的项目，培育一批领军型企业，打造全产业链的微电子产业平台。"

2020年11月5日—6日，由嘉兴市人民政府、中国宽禁带功率半导体及应用产业联盟、南湖区人民政府、华夏幸福基业股份有限公司、国家集成电路产业投资基金股份有限公司等主办的"2020年中国宽禁带功率半导体技术论坛暨产业发展峰会"在南湖区举行。会上，中共南湖区委副书记、区长邵潘锋就投资环境进行了介绍。嘉兴科技城将形成"一心三区"产业布局，并为半导体企业提供最佳的投资环境。

形成"一心三区"布局新产业平台，是嘉兴科技城未来发展的重要战略目标。在长三角一体化发展国家战略和嘉兴全面接轨上海首位战略的历史机遇下，嘉兴科技城以嘉兴南湖微电子产业平台建设为契机，规划9.77平方千米土地，分为东、西两片区，布局"一心三区"。"一心"即创新研发中心，包括半导体科研院所、集成电路设计企业、公共服务平台；"三区"即数字器件研制区、关键材料制造区、半导体应用（终端制造）区，包括芯片制造、封装测试区，大硅片、氮化镓、砷化镓等半导体新材料制造

区，智能手机、MEMS传感器、智能穿戴设备等智能终端产品应用区。

按照"一心三区"布局，在实施"十四五"规划期间，嘉兴科技城将以工业类和消费类智能终端制造为牵引，整合区域产业链、创新链、资金链，实施一批标志性项目，培育一批领军型企业，推进一批支撑性工程，构建半导体原材料（硅片）制造、集成电路芯片设计和封测、智能终端研发生产应用协同发展，技术研发、创业孵化、产品应用等同步推进的产业生态体系，打造全产业链的微电子"万亩千亿"产业平台，成为长三角微电子产业化与应用示范区、全球重要的微电子产业高地。

如今，南湖区已成立了微电子"万亩千亿"新产业平台建设领导小组，与嘉兴科技城合力推进平台建设，出台了产业专项政策，从引进培育项目、发展壮大企业、支持研发创新、创新金融扶持等四个方面扶持产业发展，并设立微电子产业基金，推动平台建设。

集成电路是国之重器，功率器件是核心支撑，宽禁带半导体是重中之

2020年11月5日，嘉兴科技城承办2020年中国宽禁带功率半导体技术论坛暨产业发展峰会

重。近年来，"新基建"和"双循环"战略成为推动我国经济社会发展的新引擎。新基建所涉及的全部领域，都离不开巨大的电能传输、转换和使用，对电力和电子装备提出了更高的要求。作为一种给用电装备提供优质、高效电能的芯片，功率半导体器件直接决定了电力和电子装备的性能和水平。

根据IHS统计，2019年全球功率半导体市场规模约为400亿美元，预计2019—2025年，全球功率半导体复合年均增长率4.5%。作为全球最大的功率半导体消费国，我国市场空间巨大且有望在宽禁带功率半导体领域快速缩小与海外龙头的差距。

2020年11月5日—6日，2020年中国宽禁带功率半导体技术论坛暨产

业发展峰会在嘉兴举行。本次大会由中国宽禁带功率半导体及应用产业联盟、南湖区人民政府、华夏幸福基业股份有限公司、国家集成电路产业投资基金股份有限公司主办，嘉兴科技城管理委员会承办。会上还发布了《宽禁带功率半导体"十四五"建议书》。

就在这次峰会上，各位专家学者、企业家对宽禁带半导体产业学术思想与产业发展进行了广泛的交流和讨论，帮南湖区和嘉兴科技城出谋划策、宣传推介，对加速集聚更多创新团队、优质项目、高端人才，推动宽禁带半导体产业科技成果顺利落地、开花结果具有极大的作用，也对推动嘉兴科技城"一心三区"布局的形成具有重要意义。

各位专家学者、企业家一致认为，嘉兴科技城微电子产业发展基础不断得以夯实，相关微电子企业数量呈现快速增长趋势，这一现象已受到业内人士关注。嘉兴科技城审时度势，高起点、高标准规划嘉兴南湖微电子产业平台。未来，嘉兴科技城将聚焦集成电路芯片设计和封测、智能终端研发生产应用、半导体原材料（硅片）制造协同发展的数字经济。

2020年2月4日，疫情挡不住嘉兴斯达半导体股份有限公司的上市步伐。这家由嘉兴科技城自主培育、国家级高端人才创办的位居世界前十的IGBT模块供应商成功登陆A股主板市场。同年11月23日，明新旭腾新材料股份有限公司迎来激动人心的一刻，在上海证券交易所主板市场成功挂牌上市。嘉兴科技城创下了1年内2家企业主板上市的历史之最。

2020年11月23日，明新旭腾新材料股份有限公司挂牌上市

一家是领军人才创办的致力于打造"中国芯"的集成电路企业，另一家是传统产业通过转型升级，形成汽车革一体化业务体系的国家汽车皮革领域领先企业。资本市场"嘉兴科技城板块"迅速壮大并非偶然。

近年来，嘉兴科技城持续提升企业自主创新意识，通过加强高新企业申报培育、推进企业股改上市、鼓励企业转型升级，加快优质企业培育，逐步形成梯度上市培育发展群。

2020年，卫星石化股份有限公司入选2020年度省级企业技术中心、入列2020年省级工业互联网创建名单；浙江荣泰科技企业有限公司入围第二批专精特新"小巨人"企业名单；浙江赛思电子科技有限公司的《面向6G空间高带宽低轨通信卫星的高精度氢原子钟轻量化技术研发及产业化》项目被列入"科技助力经济2020"国家重点专项项目立项清单。

令人欣喜的是，还有大批后备资源为嘉兴科技城逐浪资本市场不断积蓄力量。中晶半导体大硅片、正泰智慧产业园、国美通讯智能终端、浙江清华长三角研究院三期等省市县长工程、"百年百项"工程加快推进；加西贝拉高端压缩机、布拓传动等已供地项目开工建设……在建项目有序推进，形成月月有开工、月月有投产的项目大会战状态。

在上述各企业和项目中，大部分为微电子产业，也有不少属于其他科技创新领域。富集科技创新资源，不仅为了尽快形成"一心三区"产业布局，同时也为了其他领域"双创"项目的落户和发展。对"低散乱"企业（作坊）实施整治后，嘉兴科技城释放出发展新空间，使得创新平台、产业平台等多点开花，高潮迭起。

依托南湖微电子产业平台，嘉兴科技城数字经济在今年复杂多变的国际环境下，走出自己的精彩之路。胡润百富发布的2020年中国500强民营企业榜单上，坐落于嘉兴科技城的闻泰通讯、斯达半导体和卫星石化3家企业榜上有名，约占全市入围企业数的半壁江山。特别值得一提的是，闻泰通讯在榜单上名列全市第一，斯达半导体为新上榜企业，两家数字经济领域龙头企业上榜民营企业500强，也彰显了嘉兴科技城数字经济在全市的发展优势。

人才、产业、平台为嘉兴南湖微电子产业平台全速推进提供了重要支撑。高起点、高标准规划的嘉兴南湖微电子产业平台正在加速构建，核心正是微电子创新研发中心、半导体应用（终端制造）区、关键材料制造区、数字器件研制区"一心三区"的产业布局。

南湖微电子产业公共技术服务平台揭牌，中欧科技创新园启用；中国计量大学南湖光电技术创新中心、嘉兴科技城国际人才创新服务中心签约引进；嘉兴科技城成为全市首个省级知识产权服务业集聚发展示范区；国家检验检测高技术服务业集聚区、浙江南湖人才创业园、浙江外国高端人才创新集聚区、生物医药产业园等平台不断续写新的精彩篇章。

而在嘉兴工业园区东区，正在加快布局打造集"研发—孵化—中试—产业化"生物医药产业于一体的生物医药产业园。嘉兴科技城已汇集泰格医疗、雅康博医学检验、凯实生物等生命健康领域国家高新技术企业，涵盖生物医药、医药器材及健康数据分析等领域，正向"生物医药＋医疗耗材＋医疗器械＋新一代生物医药材料"的产业集群发展态势冲刺。

"国家检验检测高技术服务业集聚区"建设已初具规模，新开业的"国字号"项目泰尔实验室，极大地助推嘉兴科技城检验检测行业在信息通信行业相关设备测试、仪表计量及检测等方面能力的提升。

浙江南湖人才创业园、浙江外国高端人才创新集聚区建设，围绕主导产业方向，建立"高精尖缺"高层次人才需求库，通过成功举办外国顶尖人才认定评审会，助力南湖区成功创建嘉兴市级院士之家等，加速了高端人才集聚。

"大鹏一日同风起，扶摇直上九万里。假令风歇时下来，犹能簸却沧溟水。"（唐·李白）抢抓发展新机遇，不断完善产业政策，全力优化营商环境，嘉兴科技城将积极形成"一心三区"产业格局，为半导体企业提供最佳的投资环境、最优的项目服务，实现南湖微电子产业勇攀高峰，为嘉兴科技城产业高质量发展提供强劲动力。

2018年7月5日，国家检验检测高技术服务业集聚区（浙江）揭牌

第八章

江南文明之源，

一个美丽动人的故事

嘉兴市城市的东大门，经济实力强劲、社会和谐发展的江南强镇。

崧泽文化、南河浜遗址、胥山遗址公园、端午文化……真正的人文荟萃之地。

示范引导、串点成线、连线成片，有序推进全域美丽乡村建设。

一 实力强镇，接轨上海第一站

大桥镇，地处全国最具经济活力的长三角城市群中心位置，区位优势明显，水陆交通便捷。改革开放以来，大桥镇顺应社会形势变化，尤其是抢抓长三角板块发展新机遇，各项产业发展迅速，取得了令人瞩目的成果，显现了经济发展实力和潜能。

出嘉兴市中心，东行不久，就进入了大桥镇区域。

大桥镇，是一座经济实力强劲、社会和谐发展的江南强镇。它是嘉兴市城市的东大门，地处全国最具经济活力的长三角城市群中心位置，区位优势明显。辖区内有平湖塘、伍子塘、嘉善塘及幽港、横塘、章店港等，水陆交通便捷，沪昆、杭州湾跨海大桥北连接线等高速公路和S202省道穿镇区而过，邻近另有杭浦、乍嘉苏、常台等高速公路，距上海虹桥、浦东，南京禄口，杭州萧山等国际机场以及上海、嘉兴（乍浦）、北仑三大港口和大小洋山港均不远。

大桥镇缘何得名？顾名思义，必与桥梁有关。江南多水，自古至今，桥梁必不可少。历史上，今大桥镇一带即有多座古桥梁，其中一座石板桥，因距嘉兴古城十八里，被唤作

"十八里桥"，清康熙五十五年（1716）建于镇内幽港之上。此桥又名利涉桥、幽港大桥，因桥体相对较大，俗称大桥。嗣后，大桥及附近的徐婆桥畔，在清咸丰年间陆续聚集起不少渔家、商家及民居，渐渐形成十八里桥镇和徐婆桥镇，但镇区规模并不太大。1928年出版的《嘉兴新志》记载，徐婆桥镇有米行3家，小店20家，十八里桥镇有小店6家。

民国时期，今大桥镇一带曾分设大桥、胥山、步云、汉塘、焦山、南山以及云西、云东、丰北等乡，行政区划屡有调整。中华人民共和国成立初期，基本沿用民国时期的区划设置。1956年，今大桥镇一带诸乡合并为大桥、步云两乡。"文化大革命"至20世纪80年代初，步云人民公社一度更名为"向阳人民公社"。

1998年8月，大桥乡人民政府驻地从大桥集镇迁往十八里桥。2000年5月25日，浙政发〔2000〕98号批复，同意将原属秀洲区的凤桥镇、新丰镇、新篁镇、余新镇、步云乡、七星乡、大桥乡划归秀城区。次年10月25日，浙政函〔2001〕228号批复，同意撤销大桥乡、步云乡建制，和余新镇部分（吕塘、八里2村）合并设立大桥镇。大桥镇辖17个村、2个社区，驻十八里村（原大桥乡址）。

2007年12月，南湖区（2005年5月17日，民政部批复同意秀城区更名为南湖区）调整部分乡镇行政区划，将余新镇的东洋浜村、新丰镇的由桥村划归大桥镇管辖。区划调整后，大桥镇辖14个行政村、3个社区，镇区域基本定下。

2015年底，浙江省人民政府发文批复同意嘉兴科技城扩容升级，总面积约98平方千米的大桥镇全域正式纳入嘉兴科技城管理范围。

2021年3月，省农业农村厅公布了2020年度农业绿色发展先行创建认定结果，大桥镇成功创建南湖区大桥省级农业绿色发展示范区和南湖区十八里省级农业绿色发展示范区。另外，白玉蜗牛全产业链绿色发展示范区成功创建为嘉兴市农业绿色发展示范区。

南湖区大桥省级农业绿色发行区位于大桥镇江南村，以嘉兴市绿江葡萄专业合作社为中心，是集葡萄生产、新品种培育、技术培训、科技推广服务、产品销售以及农业投入品供应于一体的股份制农业经济合作组织，区域内主要产业为鲜食葡萄。

南湖区十八里省级农业绿色发展先行区由大桥镇牵头，嘉兴市绿农农资有限公司组织实施，目前镇内设有5个农药废弃物包装回收点，负责全镇范围内农药废弃物包装回收、处置工作，解决大桥镇全年回收的60余吨约4000立方米的农药废弃包装物集中堆放问题。

大桥白玉蜗牛全产业链绿色发展示范区位于大桥镇黎明村，素有"蜗牛之乡"的美誉。嘉兴市潜福食品有限公司是其中的代表，该公司通过"市场＋公司＋合作社＋农户"模式，带动省内外500多户农户从事蜗牛养殖，蜗牛年产量和加工水平居国内之首，是集蜗牛养殖、培训、观光、收购、研发、加工和销售于一体的世界唯一的蜗牛全产业链农业龙头企业。现有注册商标7个，其中"潜福蜗牛"商标已被浙江省工商行政管理局认定为浙江省著名商标和浙江省知名

嘉兴市潜福（潜鑫）食品有限公司

商号。

绿色农业是大桥镇农业发展方向，围绕农药废弃物包装回收和葡萄产业，率先通过省级绿色先行区创建，围绕蜗牛产业，通过市级农业绿色发展示范区创建，起到了很好的引领和示范作用。未来，大桥镇将在粮油等产业继续推进绿色农业发展工作，推动农业向着可持续发展方向不断迈进，让粮食更健康、农业更绿色。

大桥镇主动融入长三角一体化发展，全面加快新市镇建设，"现代新镇"魅力绽放。如今，镇中心公园、体育中心、敬老院、科创中心、图书阅览中心、就业指导中心、党员服务中心等特色城镇"十个一"21项工程已建设完成，道路桥梁、绿化改造、科普广场、农贸市场、商业特色街、城镇污水管网（二期）等新市镇项目相继建设，同时，正进一步优化工业园区硬件建设，完善工业园区道路桥梁配套，提升总部商务花园形象，推进工业园区东区环境整治。

创新推进统筹城乡发展，新农村建设初见成效。已实施农村新社区道路、管线等基础设施建设，大部分农户

入住了漂亮舒适的迁建房，或通过工业园区征迁、基础设施建设征迁进入城镇集聚，或入住各村中心社区自建房。大桥镇还被列入全市"两分两换"试点镇，"两分两换"已顺利完成实施。

协调推进各项事业，和谐社会昂扬向上。大桥镇巩固和深化"全国百强示范镇工会"的创建成果，充分发挥工、青、妇的载体作用，积极举办各类文娱活动，丰富企业职工生活，营造良好的软环境。同时，大力实施民生工程，强化社保体系建设，努力促进就业和再就业，加大教育投入，提升教育水平。

大桥镇自合并成立以来，所获各级各类荣誉无数。2018年10月8日，大桥镇入选2018年度全国综合实力千强镇；2019年9月11日，入选"2018中国乡镇综合竞争力100强"；2021年4月，入选2021年度浙江省美丽城镇建设样板创建名单。

二　人文荟萃之地，子胥曾在这里

地处崧泽文化遗址带，以赓续历史文脉、再现胥山风情为理念，把挖掘吴越文化和胥山文化，重现吴越风情，追溯端午文化之源，作为展示嘉兴科技城（大桥镇）深厚历史文化底蕴的重点，建设"三生融合"产业新城。

倘若从马家浜文化（前4750—前3700）时期算起，大桥镇这片土地的文明史，可以追溯到非常遥远的年代。

马家浜文化是长江中下游地区新石器文化的代表，其遗址主要分布在太湖地区，南达浙江的钱塘江北岸，西北到江苏常州一带。因重要文物的发掘地位于嘉兴市原南湖乡天带桥村马家浜一带，故名。嘉兴地处长江下游环太湖地区，在新石器时代就有先民在此繁衍生息，先后形成了马家浜文化、崧泽文化和良渚文化。

据碳-14法测定，马家浜文化的

年代约始于公元前4750年，到公元前3900年左右发展为崧泽文化。马家浜文化及其后续的崧泽文化、良渚文化的发现与确立，表明太湖地区的新石器文化源远流长、自成系统，并具有鲜明的地域特色。

马家浜文化的多处遗址中出土了籼、粳两种稻的稻谷、米粒和稻草实物，这表明当时的居民已普遍种植籼、粳两种稻。农用工具有穿孔斧、骨耜、木铲、陶杵等。渔猎经济也占重要地位，发现诸多骨镞、石镞、骨鱼镖、陶网坠等渔猎工具。多处房屋残迹表明当时已有榫卯结构的木柱，在木柱间编扎芦苇后涂泥为墙，有的房屋室外还挖有排水沟。多红色陶器，腰檐陶釜和长方形横条陶烧火架（或称炉箅）是该文化独特的炊具。

经考证，马家浜文化具备母系氏族社会文化特征。马家浜文化的后继者是崧泽文化。

从目前考古成果分析，浙北地区确实存在过一个完整的史前文明发展阶段，即马家浜文化—崧泽文化—良渚文化这一序列。

其中，崧泽文化在两者之间起到了十分重要的作用。然而，长期以来，浙江境内崧泽文化的遗址发现较少，资料也相对不足。因此，发掘大桥镇辖区内南河浜遗址的意义十分重大。

南河浜遗址位于大桥镇焦山门村和江南村，遗址面积约2万平方米，考古现场由相对高度约2米的不规则台地组成，于1996年建设沪杭高速公路时被发现。随之而来的浙江省文物考古研究所考古人员在台地周边发现了多块陶片，有崧泽与良渚时期的印记，确定它是一处史前遗址，决定对它进行抢救性发掘。因该台地所在地名叫"南河浜"，考古所小分队遂将它命名为"南河浜遗址"。

南河浜遗址地处河流下游的平原

全国重点文物保护单位——南河浜遗址

地区，海拔高度较低，水网密布。从南河浜遗址里清理出了崧泽文化、良渚文化时期墓葬、灰坑、房屋、祭坛等，出土了陶器、玉器、石器、骨器等遗存。从出土器物的材质上看，陶器、石器占大多数，玉器的数量也较前时期遗址有所增多。南河浜遗址极大地丰富了崧泽文化的内涵和特点，成为崧泽文化遗址中具有重要价值的遗址之一。

南河浜遗址是崧泽文化的代表，上承马家浜文化，下接良渚文化，完整保存崧泽文化两期五段过程，即早期一段与马家浜文化紧接，晚期二段处于良渚文化的前夜，贯穿了崧泽文

崧泽文化人首陶瓶

化始终。该遗址的发掘，不仅为研究崧泽文化提供了系统的实物资料，还首次为崧泽文化的文化分期设定了较为完整的标尺。

值得着重一提的是，南河浜遗址中发现了崧泽文化的祭坛，它为文明起源的研究提供了重要线索，这是南河浜遗址作为江南文明之源比较有力的证据。崧泽文化祭坛结构建设的成熟，不仅为良渚文化发达的筑台现象找到了根源，还清楚地揭示了祭台使用过程及与其他遗迹之间的关系，这对于认识筑坛祭祀这一文化现象在江南地区的发展渊源，有着十分重要的意义。

2006年5月25日，国务院公布了第六批全国重点文物保护单位，南河浜遗址名列其中。2018年，大桥镇人民政府筹备国家级遗址公园保护规划，以完整保留南河浜遗址的历史记忆和脉络。同年9月28日，国家级遗址公园内的南河浜遗址展示馆正式开馆。馆体建筑面积200多平方米，分上下两层，由序厅、文化分期的重要标尺、文明起源的最早线索、文化遗存和结语5个部分组成。来这里参观的人们，可以通过南河浜遗址展示馆展陈的文物来了解感受数千年前这片土地的风貌以及先人们的劳动生活状态。

这是珍贵的历史遗存，也是漫长时光留存至今的文明记忆。在世界文明起源和早期发展阶段，长江流域正是"多元一体"文化格局中的重要组成部分，其中的典型代表——分布于长江下游地区、以浙江北部为中心的良渚文化已经进入了文明阶段，而崧泽文化正是良渚文化发端的重要源头之一。南河浜遗址在大桥镇境内出现，表明很早以前这里就有人类的活动。从马家浜文化到崧泽文化再到良渚文化，大桥镇的先民们在此定居生活，最终走向文明。

大桥镇的历史文化底蕴之厚重，由此可见。

不过，来到大桥镇，说到历史文化遗存，伍子胥在胥山上屯兵操练，直至埋葬于此的人文历史传说，肯定是一个绕不过的话题。是的，春秋时期在华夏大地上衍生的无数壮怀激烈、奇谲瑰丽的故事中，伍子胥传奇特别令人感奋，传诵千年，至今不衰。而位于大桥镇胥山村的胥山，民间传闻正是伍子胥重要的屯兵处和练兵场，又是他自刎后的埋葬地。

《史记卷六十六·伍子胥列传第六》中有云："（伍子胥）乃自刭死。吴王闻之大怒，乃取子胥尸盛以鸱夷革，浮之江中。吴人怜之，为立祠于江上，因命曰胥山。"此为传说之一。

伍子胥的生平故事历代民众耳熟能详，大致可信。他是楚国人，名员（读 yún），字子胥。因其父伍奢和兄长伍尚遭谗言被楚平王所杀，伍子胥连夜从楚国逃往吴国，成为吴王阖闾的重臣，且主持了姑苏城（今苏州）的建造，至今苏州仍有胥门。后伍子胥协同孙武带兵攻下楚都，吴国也因倚重伍子胥等人而屡得胜绩，成为诸侯一霸。

公元前484年，吴王夫差准备再发重兵，北上伐齐。伍子胥力谏劝阻，理由是如此一来，越国军队很有可能从南边杀来，吴国军队腹背受敌，后果不堪设想。太宰伯嚭却向夫差进谗言，诬蔑伍子胥是误判军情、损害士气、搅乱布局，而夫差竟意忌信谗，派人送去一把削铁如泥的"属镂之剑"，令伍子胥自杀。伍子胥仰天长叹，对手下的人说："你们一定要在我的坟墓上种植梓树，让它长大能够做棺材。挖出我的眼珠悬挂在吴国城池的东门楼上，来观看越寇怎样入侵，灭掉吴国。"遂自刎而亡。伍子胥死后九年，吴国终被越国所灭。

今大桥镇胥山村境内的胥山，原名张山、史山。清顾祖禹《读史方舆纪要·浙江三·嘉兴府》云："胥山，本名张山。相传吴使子胥伐越，经营于此，因改今名。"清朝词人朱彝尊的名诗《鸳鸯湖棹歌之六十三》中的"伍胥山头花满林，石佛寺下水深深。妾似胥山长在眼，郎如石佛本无心"就是写这座山的。这些记载清晰无比地道明了胥山当年的风貌以及胥山与伍子胥之间的关系。

远古时期，今浙北地区还是一片汪洋，后因数百万年前的地壳运动，海底渐渐隆起，成为浅陆，海底山峰同时上升，成为浅陆上凸起的矮山，胥山即为其中的一座。史载，未被破坏的胥山面积曾达近百亩，海拔80多米，在一望无垠的嘉禾平原上曾经颇为显眼。由于山上植被茂盛，山顶有一处颇为宽阔的平地，一心伐越的伍子胥才会率领兵丁在此驻扎，才会把这里当作辅佐吴王、雄风再起的蓄力场。

历代对伍子胥有着多种评价，褒多于贬，除了认定他为春秋时期治国能臣，更看重他身上那种坚韧不屈的精神，以及舍小义、成大名的强韧意志力。如是，在吴越古国的土地上，至今留存有诸多据称与他相关的遗迹，但有的只是从民间传说中衍化而来，有的只是出于对伍子胥的崇仰而加以兴建或命名，如不少庙宇、墓冢等。今胥山，却是一处实物遗存，围绕此山而流传久远的伍子胥故事很多，历代文人在此吟留的诗文也十分丰富。

按嘉兴一带的民间传说，伍子胥死后，夫差令部下把伍子胥的遗体沉入江中。伍子胥遗体沿着他生前开凿的河流，漂过太湖、汾湖，一直漂到他曾屯兵操练之张山脚下。沿途百姓目睹伍子胥遗体，悲天恸地，纷纷把米粽扔在河里，求鱼类不要啄他。他们把伍子胥礼葬在张山顶上，并筑起伍相墓、建起伍相寺。自此，张山又名为胥山，伍子胥开凿的那条河称作伍子塘，同样由他命人开凿的西塘市河改名胥塘，而嘉兴每年端午祭祀伍子胥的习俗延续至今，嘉兴粽子成为享誉中外的地方食品。

据当地老人回忆，胥山未被破坏时，山上曾建有伍子胥的墓、祠；留存有伍子胥磨剑的磨剑石，还有凝望山下伍子塘的石龟。宋隆兴元年（1163），观察使李某在胥山上筑寺，后废，郡人陈氏凿石结庐读书于此，名曰胥山草堂。元项冠隐于胥山筑草堂，自号泉石散人。还有嘉兴望族陆贽后人筑造陆氏墓园等。昔时，胥山西麓还有一座尼姑庵，粉墙黑瓦，香火鼎盛。

对于伍子胥其人其事和胥山景色，历代文人墨客从不吝惜笔墨加以描摹。"千载空祠云海头，夫差亡国已千秋。浙波只有灵涛在，拜奠胥山人不休。"这是唐代诗人徐凝所撰。"烈烈子胥，发节穷逋。遂为册臣，奋不图躯。谏合谋行，隆隆之吴。厥废不遂，邑都俄墟。以智死昏，忠则有余。胥山之巅，殿屋渠渠。千载之祠，如祠之初。孰作新之，民劝而趋。维忠肆怀，维孝肆孚。我铭祠庭，示后不诬。”这出自宋代文人王安石之手。《嘉禾百咏》是宋朝嘉兴籍诗人张尧同的诗歌集，主要抒写嘉兴风土人情、名胜物产，收录于《四库全书》的集部，此诗歌集开篇即为《胥山》：“马革浮尸去，君王太忍人。此山空庙貌，何以劝忠臣。”并有附考：“山在郡东二十五里，接嘉善县境。一名张山，乃硖石之余支也。吾郡诸山自天目发源，尽于海盐北。一支由硖石蜿蜒而来，发为胥山，平田突兀，广寻数亩。”

嘉禾八景图卷为元代著名画家吴镇（嘉善人）的代表作之一，现藏台北故宫博物院。它既是中国画横幅的范作，又是真实地点的写照，绘有从嘉兴城到魏塘的8个风景点：空翠风烟、龙潭暮云、鸳湖春晓、春波烟雨、月波秋霁、三闸奔湍、胥山松涛、武水幽澜。其中一些景点至今尚存。“胥山松涛”一景在此画作中占有重要地位，吴镇在这幅画作“胥山松涛”上题有“百亩胥峰，道是子胥磨剑处，嶙峋白石几番童，时有兔狐踪。山前万个长身树，下有高人琴剑墓，周围苍桧四时青，终日战涛声”之句，把当年的胥山景致描写得淋漓尽致。对于“胥山松涛”，元代文人辛敬也撰有《胥山松涛》一诗：“榜舟趋南山，飞盖转芳甸。登高望吴越，击鼓驰觞燕。灵飙振岩角，飞雨洒石面。欲吊子胥魂，歌长泪如霰。”

极其可惜的是，1969年11月，在兴修水利的过程中，因用于嘉兴北部河道护岸的石头不足，经当地政府同意，在胥山下成立了大桥公社胥山石料厂，对胥山石料进行大规模开采。大的石块直接被用作砌石，小的则被轧成寸子和瓜子片，用于铺路和填缝之用。一时间，很快整座胥山被挖空，甚至连山底下的石头也被挖

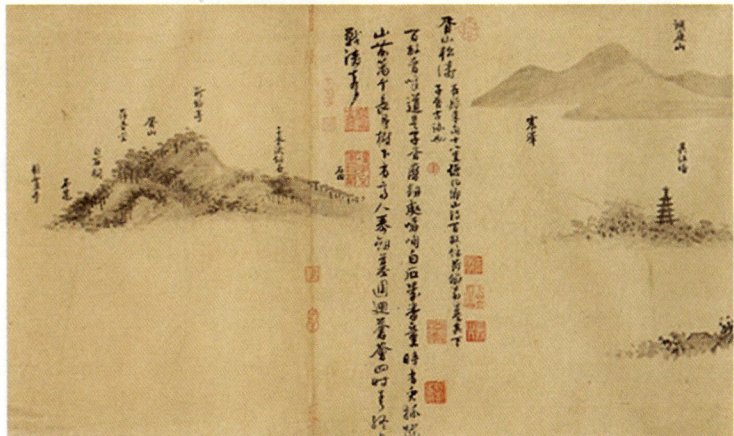

胥山松涛图

走，原先的葱郁山丘不复存在，只留下一个巨大的水潭和若干山石残体。这座水潭一度还成了大桥公社马铁厂的废水池，潭中废水满溢，溢入附近河道，附近河道里的水体呈黄色，污染严重。

绿水青山就是金山银山。满目疮痍的胥山，印证了习近平总书记"绿水青山就是金山银山"重要理论的正确性，也对后人发出了恳切的警告。珍惜大地母亲赐予我们的一草一木，保护前人留给我们的美好家园，实在是太有必要了！

令人欣慰的是，如今的嘉兴科技城（大桥镇）以赓续历史文脉、再现胥山风情为理念，把挖掘吴越文化和胥山文化，建造胥山遗址公园，重现吴越风情，追溯端午文化之源，作为展示大桥深厚历史文化底蕴的重点，胥山遗址迎来了新的生机。

2020年4月26日，位于嘉兴市3A级景区村庄胥山村里的胥山遗址公园揭开神秘的面纱，正式开园迎客。开园仪式上，黄亚洲影视文学园项目、胥·谷度假村项目、吴·山居民宿项目、胥山3A景区村庄开发管理项目也与嘉兴科技城（大桥镇）分别签约。

胥山遗址公园项目于2018年3月开始筹建。嘉兴科技城（大桥镇）"苦练内功""内外兼修"，全面提升生态环境建设水平，不断把生态优势转化为产业优势、可持续发展优势，着力打造胥山遗址公园就是其中的一个重要步骤。按照规划，胥山遗址项目包括着力打造胥山景区村庄，建造胥山遗址纪念区、文化主题村落群、吴越风情湿地、生态农耕保留区四大区域，设立博物展览、文创基地、文化演出、休闲互动、农业观光五大旅游区域。首期开园的为胥山遗址公园

胥山遗址公园

一期工程，胥山牌楼主广场、民宿文化村落群、胥山遗址景墙、龙舟码头等景点已建成，党群服务中心、邻里中心已经落成，胥山遗址公园二期和三期工程正在加紧推进中。

"嘉兴科技城（大桥镇）既要注重科技发展，也要有文化底蕴，着眼于此，我们着力挖掘胥山文化内涵。在二期、三期的工程中，我们会努力将胥山和伍子胥的文化往深里挖。"嘉兴科技城管理委员会副主任、大桥镇党委书记张建华介绍。他参与了胥山从环境整治、规划设计到盛装开园的全过程。他表示，胥山遗址公园的建设，把经济、自然、人文、历史紧紧地融为一体，使其成为展示嘉兴科技城（大桥镇）的人文新地标，也能提升村民的幸福指数。

三 建设美丽乡村，"现代新镇"展新颜

按照"一心三片三线"的规划布局，积极推进以"古风农情，多彩慢乡"为主题的美丽乡村建设，镇容村貌发生了翻天覆地的变化。多姿多彩的群众文化活动，先进完备的文化设施，大大丰富了农民精神文化生活，助推乡村精神文明建设。

虾肥稻绿，粽叶飘香。火红龙虾，红火由桥。2021年5月15日，嘉兴科技城（大桥镇）第四届农民丰收节暨由桥龙虾文化旅游节火热开幕。来自各地的游客在现场共享龙虾嘉年华，尽情感受由桥村独特的美丽乡村风景线。

由桥村是嘉兴著名的"盱眙小龙虾养殖基地"，是2021年新晋的3A级景区村庄，有"江南龙虾第一村"的美誉。自2018年起，每年的5月或6月，由桥村都会举办由桥龙虾文化旅游节。如今，龙虾文化已成为由桥村一张最炫目的旅游文化名片，当地村民也借助于此，获得"致富密码"。

与往届一样，这一届由桥龙虾文化旅游节，也举办了由桥龙虾王争霸赛。10名龙虾养殖户带着"爱将"参

加这一饶有趣味的特殊赛事，赛体重、赛品质、赛肉质，全方位展现由桥村稻虾种养成果。经过专家评委打分，大桥镇盛丰生态农场带来的一只体重92.5 g的龙虾斩获本届"由桥龙虾王"称号。

龙虾是嘉兴科技城（大桥镇）农业的主打产业之一，其技术包括虾苗最早是从江苏盱眙引进的。如今的由桥村，龙虾养殖面积已达400多亩，大多采用"稻虾共作"的养殖模式。这是一种生态高效的养殖方式，是将普通稻田单一的种植模式提升为立体的种养结合方法，即在水稻种植期间养殖龙虾，龙虾与水稻在稻田中同生共长。此养殖模式可以充分利用稻田的浅水环境和冬闲期，使稻田里的水资源、杂草资源、水生动物资源、昆虫资源以及其他物质和能源，更加充分地被生长中的龙虾所利用，而龙虾的生命活动又可以起到稻田除草、灭虫、松土、活水、通气和增肥之效果，实现一地两用、一水两收，还可以进一步减少农业面源污染和水产养殖尾水污染。当然，龙虾的产量也得以有效增加。

在大力发展龙虾产业的同时，由桥村成功打造"乐活由桥，风味水乡，鱼跃虾跳，梦境田园"红色文化乡村旅游精品线龙虾湾景区。走进由桥村，首先看到的即是一幅由水上栈道、景观桥、堤岸绿道共同构成的风景画。家家户户门前屋后的小菜园、小果园、小花园环境优美，收拾得井井有条。空气清新，环境幽静；稻米飘香，鱼翔浅底。这番愉悦、这番情趣，每个人都会沉醉其中。

嘉兴科技城（大桥镇）及由桥村不仅推广了"稻虾共作"的养殖模式，打造了龙虾湾，还借助独有的科创资源，进一步做深做透龙虾特色产业。2021年，由桥村打造了一个集产业发展、休闲消费、旅游观光和夜经济等于一体的龙虾主题景区——小龙宫。目前，小龙宫景区内拥有民宿11间、中餐厅1个、西餐厅1个、茶室1个，有龙虾垂钓、野米饭、烧烤等游玩项目，为四方游客提供吃喝玩乐住一站式服务。除此，这里还有与浙江清华长三角研究院合作开发的龙虾壳宠物零食、肥料还田项目，形成了完整的资源利用闭环。在浙江清华长三角研究院技术支持下，自主研发的宠物食品添加剂由小龙虾壳处理加工而成，小龙虾壳成为亲子宠物饼干制作的原料之一。

做实"三生"融合，提升民生福祉。由桥村成功打造了嘉兴市第一家省级书香礼堂。书香礼堂集图书陈列，线下、线上阅览，集会活动，文创展示等多功能于一体，营造"静、逸、悦"的读书氛围，目前有图书1万余册，6000余种，报刊30余种，每月更新书目。而礼堂简洁明净的读书环境，与龙虾湾相得益彰。同时，以乡村文旅为特色，建成建筑面积近1800平方米，集家宴中心、新时代文明实践站、道德讲堂、书香礼堂等于一体的四星级文化礼堂，成为大桥镇文化礼堂新地标。

事实上，由桥村的故事，正在嘉兴科技城（大桥镇）不少村落上演。近几年来，在新时代乡村振兴战略的指引下，嘉兴科技城（大桥镇）积极推进以"古风农情，多彩慢乡"为主题的美丽乡村建设，镇容村貌发生了翻天覆地的变化。根据《大桥镇美丽乡村建设总体规划（2017—2020）》，嘉兴科技城（大桥镇）以村庄景区化建设为抓手，示范引领，串点成线，连线成片，美丽乡村"一心三片三线"新颜悄然绽放。

按照"一心三片三线"的规划布局，以交通廊道为轴，嘉兴科技城（大桥镇）将整个区域划分为以大桥镇中心镇区为主体的"一心"，以胥山村、建国村为主体的"西片"，以花园村、云东村、倪家浜村为主体的"东片"，以由桥村为主体的"南片"和以江南村、焦山门村为主体的城郊生态缓冲片区，倾力构筑美丽乡村全景风貌。

西片以胥山3A级景区村庄为龙头，建成嘉善大道、七大公路双轴驱动的历史人文体验片区。胥山遗址公园、陆宣泾历史人文村落、横塘庙民俗文化体验村落，结合区级美丽乡村示范点建设，改造该区域内保留下来的自然村落的生态环境和基础设施，由点及面加快实现全域秀美。

东片以云东村现代农业产业园为龙头，形成余云公路、双云公路

嘉兴科技城（大桥镇）由桥村书香礼堂（省级）

双轴驱动的现代农业观光片区。通过建设云东村3A级景区村庄，创建倪家浜（村）、花园（村）市级精品村，改造该区域内保留下来的自然村落的生态环境和基础设施，现代农业观光片区全域秀美由点及面加快实现。

南片以由桥3A级景区村庄为龙头，构建由新大公路、202省道双轴驱动的城市南郊休闲度假片区，精心打造城郊生态缓冲片区。打响"由桥小龙虾"产业品牌，进一步提升"江南葡萄"品牌影响力，整合农文旅资源，深入对接嘉兴市、南湖区精品旅游线路，充分融入全域旅游。

"三线"即指三个片区内由示范点、精品农庄、景点串联成的精品路线。其中，南线为"乐郊慢享，水乡雅居"精品线，东线为"醉美田园，农情之约"精品线，西线为"吴根越角，人文古风"精品线。

美丽乡村建设是协调农业生产、农民生活、农村环境三者和谐发展的必然趋势，是实现乡村振兴的关键所在。在持续推进美丽乡村建设的过程中，嘉兴科技城（大桥镇）坚持以生态文明理念为引领，将生态文明理念融入美丽乡村建设各个方面，迄今已建成3个省级美丽乡村精品示范村、2个省级美丽宜居示范村、1条区级美丽乡村精品线、13个区级美丽乡村示

范点、2个3A级景区村庄。

注重前瞻性，做到美丽乡村规划到位。嘉兴科技城（大桥镇）在充分调研的基础上，按照美丽乡村建设实际情况，制定科学详细的规划，统筹谋划产业发展、基础设施、公共服务、生态保护等主要布局，针对不同类型的乡村，按照集聚提升、融入城镇、搬迁撤并的思路，分类推进美丽乡村建设。

注重效益性，做到资金整合到位。美丽乡村建设需要财力支持，将农村基础设施、林业绿化、文体设施等项目资金进行集中整合，优先安排给美丽乡村建设重点村，集中投放资金打造示范点，并加强资金监管和绩效评价，使资金全部用在刀刃上，最大限度发挥资金的使用效益。同时，积极引导农民投资投劳，引导企业、社会投入资金，倡导社会各界捐赠、赞助支持乡村公益事业建设，逐步建立政府投入、社会参与的多元化美丽乡村建设投入机制。

注重统筹性，做到设施配套到位。嘉兴科技城（大桥镇）从政策、投入等方面对美丽乡村建设给予全力支持，补齐不配套的短板，积极打通断头路，改造水泥路；在建设好村落基础设施的同时，配套各类服务设施，完善服务功能。同时结合全域秀

美环境整治，切实推进农村生活污水、生活垃圾等生活便利化设施的布点建设。

注重持续性，做到产业支撑到位。出台全域乡村产业培育与发展专项计划，制定相应的推进措施和信贷政策，引导资金资源更多流向农村，实现乡村集体经济减债增收。积极引导乡村开拓农业生产经营新模式、新业态，比如乡村旅游、农业采摘、电商微商、节庆活动等，不断培育新的经济增长点，逐步探索实现"一村一品"、规模化发展之路。同时，结合产权制度改革，打破原来产业小、分散的局面，积极引进农业产业化企业，走龙头企业＋合作社、龙头企业＋基地、龙头企业＋家庭农场的规模发展之路。

通过上述"四个注重"，嘉兴科技城（大桥镇）实实在在地推进美丽乡村建设，成果丰硕。而在接下来的日子里，嘉兴科技城（大桥镇）还将以"三生融合"的要求，在打造产业新城的同时，积极创新建设载体，不断完善创建机制，通过示范引导、串点成线、连线成片，有序推进全域美丽乡村建设。

一座充满江南水乡风情、人文古风底蕴的现代新镇正朝我们款款走来。

2021年4月13日，一场以"幸福村歌献给党"为主题的村歌大赛，在嘉兴科技城（大桥镇）唱响。10个村的百余名村民参与其中，他们中既有老翁，也有十几岁的孩童。他们一一登台，献上了一首首旋律优美、歌词亲民的原创歌曲。这场村歌大赛旨在进一步丰富基层文化生活，营造和谐文明、昂扬向上的人文环境，在最美的地方大力唱响乡村振兴、共同富裕好声音，展现大桥儿女新风貌。经过激烈角逐，焦山门村、由桥村、倪家浜村从参赛队伍中脱颖而出，荣获首善奖。

"今年是中国共产党成立100周年，这场村歌大赛就更有意义。我们希望通过村歌这一载体，唱响百姓幸

2021年4月13日，嘉兴科技城（大桥镇）举办"幸福村歌献给党"村歌大赛

福生活的'同心曲'，唱响引领乡村文明的'新风尚'，唱响崇德向善的'正能量'。希望通过歌声，一起庆祝中国共产党成立100周年，将大桥儿女对党的拳拳之心传递到红船起航地的角角落落。"嘉兴科技城管委会副主任、大桥镇党委书记张建华说。因为是围绕庆祝中国共产党成立100周年这一主题，讴歌党领导下乡村振兴、共同富裕所取得的辉煌成就，表达对美好生活的赞美，所以村民们的参与热情高涨，村歌的词曲质量都特别高。

"我们走过南河浜，春风拂上我的脸，心儿也荡漾……"这是一首名为《美丽的家园》的村歌，出自焦山门村，词曲中荡漾着村民们对家园的热爱、对美好生活的向往。南河浜遗址就位于焦山门村，是新石器时代古文化遗址，记录了先民在此筚路蓝缕、创造文明的勤劳和勇气；如今的共同富裕，需要大家携手来创造。

"袅袅炊烟飘来菜香，儿女围桌话着家常，喝一杯自家的米酒，说说来年的希望，由桥姑娘打起莲湘，南瓜粑粑是我的最爱，原来幸福可以那么简单，原来村庄可以那么温暖……"由桥村的村歌有着浓浓的江南文化风味，那份对于幸福美好生活的向往，情真意切。

"昨天的倪家浜哎，流水绕村庄，今天的篾竹窝儿，把幸福来唱响……"倪家浜村的村歌虽简单却优美。这个村位于大桥镇的最东边，这几年通过美丽乡村建设，已实现了全域景区化，道路宽敞，河湖澄澈，绿草如茵，瓜果飘香，已连连获得"浙江省美丽乡村特色精品村""浙江省文明村""浙江省美丽宜居示范村"等桂冠。

突出"庆祝中国共产党成立100周年"的主题主线，以村歌这种"有声画卷"为媒介，把美丽乡村建设成果传唱开来，这是嘉兴科技城（大桥镇）推动群众文化事业、建设社会主义精神文明的举措之一。近几年来，努力实施好臻心颂城、红心耀城、凝心铸城、初心立城、匠心展城、同心创城、德心固城"七心七城"工程，为勇当南湖区打造"重要窗口"中最精彩板块之"首善之区"的模范生提供坚强思想保证和强大精神动力，已成为嘉兴科技城（大桥镇）高水平全面建成小康社会、深入实施乡村振兴战略、增强社会主义先进文化感召力的有效手段。

也就在2021年4月25日，嘉兴科技城（大桥镇）隆重举办首届胥山诗歌"村"晚，这一活动乃全国首创，著名配音演员、导演，国家一级演员丁建华女士助阵晚会。新华网、

2021年4月25日，嘉兴科技城（大桥镇）举办首届胥山诗歌"村"晚

今日头条、中国旅游文化网、凤凰新闻网等10余家国家级媒体纷纷报道点赞。晚会分信仰之力、传承之路、文明之源三大篇章，共安排诗歌朗诵、舞蹈、歌曲等12个节目。诗歌穿越历史时空，回溯过去，审视现在，展望未来，艺术地展现了中国共产党成立100周年的光辉历程和伟大成就，表达了人民群众对党的歌颂、热爱之情，展现了嘉兴科技城（大桥镇）经济发展、社会进步、文化繁荣的良好局面。同时，晚会也为现场观众带来了一场文化盛宴，让观众充分感受到朗诵表演艺术的奇特与精妙。

2021年4月10日，嘉兴市图书馆大桥镇分馆（智慧书房）正式开馆。这个智慧图书馆投资500万元，总面积达1300平方米，包括借阅区、阅览区、活动室、智慧书房等功能区，藏书36000余册，将定期举办各类读者活动，提升公共文化服务水平，满足辖区内各年龄层读者的不同文化需求，成为弘扬乡风文明的又一重要阵地。"无人值守"是该图书馆的一大特点，每天早上9时到晚上9时的开放时间内，读者凭本人身份证或已激活的市民卡、图书馆读者证刷卡进入，凭有效证件自助办理借阅手续即可携带图书离开。

多年来，嘉兴科技城（大桥镇）的群众文化工作可圈可点，极大地丰富了辖区内百姓的精神文化生活。依托江南葡萄文化节、胥山端午民俗文化节等载体组织开展精彩的文化演出活动，成立黄亚洲"胥山书画创作基地"，举办"品味胥山"摄影比赛，组织胥山诗歌楹联征集活动……另外，朱玉忠负责的大桥镇胥山村（明清家具制作）乡村文化名师工作室还被认定为嘉兴市乡村文化名师工作室。嘉兴科技城（大桥镇）的文化氛围正愈来愈浓厚。

第九章

不忘初心，打造红船旁的

党建高地

> 　　发挥党建引领作用，牢牢把握"服务中心、建设队伍"核心任务。
>
> 　　高扬思想旗帜，记录时代足音，为党的百年大庆记载伟业、展示辉煌。
>
> 　　注重一个"学"字，突出一个"引"字，围绕一个"铁"字，彰显一个"廉"字，把党建优势转化为发展优势。

一　"党建＋"，"有特色、有内涵"就会"有亮点"

　　牢固树立党建引领发展的理念，狠抓机关、村（社区）、两新组织党建工作，强化党建工作特色，丰富党建工作内涵，加大"党建＋"的培育和推广力度。注重团结、引导和动员各方面力量，同心同德、齐心协力地推进各项工作。

　　来到江南村，首先映入眼帘的是成片成片的葡萄架，一直向远处铺展，蔚为壮观，而那一座座美观舒适的农居房，错落有致地点缀在绿树之中，富有诗意。

　　江南村可是全国有名的葡萄种植专业村，是浙江省葡萄产业重要示范基地，这个村的党建也与葡萄种植紧密地连在了一起。以嘉兴市绿江葡萄专业合作社为依托，村里建立了绿江党员先锋站，又以先锋站为支点，开展学习教育、组织生活等活动，还积极开展结对帮扶、技术推广、产业指导、农技咨询等服务，让绿江葡萄专业合作社带领更多人共同致富、同步提高，一座党员联系群众、党员服务群众的桥梁由此架起，党群关系迸发出新的活力。

"江南村将党员先锋站建到田间地头，我们村则把党建工作落实到村民们的休闲生活中。"焦山门村党委相关负责人介绍说，"在焦山门村，每到傍晚，都能看到很多村民来到党建文化园，在这里散步聊天，交流心得。"

为打造一个集思想教育、休闲健身、陶冶情操于一体的党群教育基地，焦山门村建设了这座占地约2000平方米的党建文化园。文化园将先锋党员展示、党建知识、党员志愿者服务等内容与传统文化、文明礼仪相融合，实现了党建与人们生活的融合。每到傍晚时分党员群众、大人小孩都会来到这里，广大党员、群众在休闲娱乐中接受教育，在潜移默化中实现精神的升华。

花园村党建又是另一种做法。"花园村是个地域范围比较大的村庄，以前去参加党员活动，要走很多路，一路上耽搁不少时间。"花园村农业党支部、青春党支部的党员们对把党员先锋站建在离大家都较近的党员家中的做法颇为赞成。

为了最大限度地方便党员参加活动，花园村党委针对农业党支部、青春党支部离村部较远的实际情况，以"出入便利、党员相对集中"为原则，在农业党支部第二党小组党员王明珍家中建立了党员先锋站，把党小组活动延伸扩大了到先锋站，定期开展理论学习、微型党课、主题讨论、志愿服务等主题党日活动，实现基层党组织的精细化管理。

把党员先锋站建到党员家中的还有倪家浜村。倪家浜村是市级"优美庭院"示范村，整座村庄道路干净、绿化齐整，民居白墙黛瓦，庭院里花木扶疏。为进一步发挥党员先锋模范作用，倪家浜村党委把党员先锋站建在"美丽乡村示范点"朱红梅党员的家中。先锋站不仅方便了周边党小组、党员开展学习教育活动，还时刻提醒党员要带头美化庭院、环境整治，共建美好家园。

如今，嘉兴科技城（大桥镇）22个村（社区）党组织已总结提炼出符合实际、特色鲜明的党建工作经验，如江南村依托合作社"带头致富、带领共富、带动致美"的党员带头模范作用、花园村的"党建＋"模式、倪家浜村的"三小组长"作用发挥等党建品牌在南湖区已有一定影响，充分发挥了示范带头作用；天香社区党建＋社区管理、十八里村党建＋青春能量等各有亮点等等。

除了上述"党建＋特色、内涵"等模式，"党建＋发展""党建＋工作"的模式，在嘉兴科技城（大桥镇）的各单位中也颇为多见，党员欢迎，效果明显，还能直接推动工作。在重点打造的东、西两翼的党建示范带上，"党建＋发展"的建设路径不断闪现亮点。闻泰通讯党支部班子成员分别与车间班组、企业党支部和工会对接，共同联系一线职工，通过民情网格提升管理服务效能，为企业迅速发展凝聚了内生动力；敏惠集团党总支"四微"党建载体让关爱无微不至；蓝鸽集团党总支青春党建引领党课"云游四海"；等等。

2020年初，新冠肺炎疫情意外来袭，在上级党组织的部署下，嘉兴科技城（大桥镇）各基层党组织和广大党员把打赢疫情防控阻击战作为重要政治任务，全力投入于防控疫情第一线，践行初心使命，体现责任担当，让党旗在防控疫情斗争第一线高高飘扬。

"战疫不松懈，发展不停歇。"在企业复工复产后，嘉兴科技城（大桥镇）按照"两手都要硬、两战都要赢"的要求，充分发挥基层党组织战斗堡垒作用和党员先锋模范作用，积极当好企业发展"火车头"，为企业复工复产献计献策，提供贴心服务。经历了这次考验，党组织和党员、企业和员工的关系也更密切、更融洽了，党强大的战斗力再次得以体现。

作为南湖区经济发展和科技创新的主平台，2021年，嘉兴科技城（大桥镇）将重点打造"科技蓝"和"党建红"相互融合的"蓝海红帆"党建品牌。在构建"蓝海红帆"党建品牌的过程中，打造机关"双优"品牌、"两新"组织"双强"品牌、村社区"双联"子品牌。

2021年4月29日，嘉兴科技城（大桥镇）举行"我为群众办实事"实践活动暨"两新""红帆"党建联盟成立仪式。"红帆"党建联盟是由嘉兴科技城（大桥镇）"两新"组织党组织共同组成的结对共建联盟。据

党建（人才）公园宣誓墙

悉，嘉兴科技城现有106个基层党组织，其中有63个"两新"党组织，是全区"两新"组织数量最多的。为更有效整合各方的党建资源、人才资源、场地资源等，发挥各自优势，形成党建合力，嘉兴科技城（大桥镇）"两新"党组织"红帆"党建联盟应运而生。联盟结合"两新"党组织所属产业领域、分布区域实际，将63个党组织分成9组，每组由一个组长单位和6个组员单位组成，以结对共建的方式统筹基层党建，充分发挥基层党组织的领导核心、战斗堡垒作用和党员干部的先锋模范作用，着力构建互融互通、互帮互助的机制，切实提升基层党组织的组织力。

"本次我们将嘉兴科技城所有的'两新'党组织均纳入了'红帆'党建联盟，这样做是为了点上深化、线上延伸、面上联动，有效整合联盟内各方的党建资源、人才资源、场地资源等，发挥各自优势，形成党建合力，从各个方面服务好各企业。"嘉兴科技城管理委员会副主任潘聪介绍，联盟成立后，将重点开展联合主题党日、认领微心愿、开展座谈交流以及小组内孵化一个品牌支部等内容的"五个一"活动，以此助力"我为群众办实事"实践活动。

嘉兴科技城（大桥镇）党建（人才）公园是嘉兴科技城践行"红船精神"的产物，也是深入贯彻"八八战略"在红船起航地的实践。这是嘉兴市本级首个也是唯一一个人才党建主题公园。它占地面积50亩，总投资2300万元，建有党群服务中心、人才俱乐部、休闲跑道、下沉式草坪、篮球场、综合停车场等平台设施，是一个寓学习教育、会议沙龙、项目路演、娱乐健身于一体的开放式综合性载体。在公园中央屹立着火红的入党宣誓墙，广场可同时容纳200余名党员重温入党誓词或新加入党组织的预

2021年4月29日，两新"红帆"党建联盟成立

备党员宣誓。事实上，建设和启用这座党建（人才）公园，旨在打造创意生态文化休闲开放共享的人才客厅。不仅仅是公园，它既是高效集约的办公环境，又是享受生活的活动中心，既运用现代景观设计手法，又传承地域文化，既是高新办公区典范，又是展示城市形象的名片。

二　守正创新，为高质量发展凝聚强大精神力量

聚焦"举旗帜、聚民心、育新人、兴文化、展形象"使命任务，主动作为、勇开新局，为高质量发展取得的伟大成就提供有力的思想保证和舆论支持，为乘势而上开启新征程凝聚强大的精神力量。

嘉兴科技城（大桥镇）紧紧围绕庆祝新中国成立70周年这一主题主线，高擎爱国主义伟大旗帜，奏响70周年壮丽凯歌；拍摄制作快闪《我爱你，中国》，获嘉兴市优秀视频作品二等奖。2019年6月28日，嘉兴科技城（大桥镇）举办"红船向未来　共筑科技梦"合唱大赛，唱响礼赞新中国、奋斗新时代的昂扬旋律。"我和我的祖国"群众性主题宣传教育活动全面展开，各村（社区）、单位，通过组织开展升国旗、文艺演出等活动祝福伟大祖国繁荣富强。

2019年11月1日，嘉兴科技城（大桥镇）新时代文明实践所正式揭牌启用，作为打通服务企业、服务群众、服务基层"最后一公里"的一项重要举措，实践所将成为辖区内112支志愿服务队12 892名志愿者的服务活动平台。它的揭牌启用，标志着嘉兴科技城（大桥镇）搭建起了一个学习宣传、团体实践、集中展示新时代新思想新理论的新阵地。如何利用好志愿服务队的力量，践行为民初心，担起服务使命？以新时代文明实践所站点为载体，嘉兴科技城（大桥镇）成立了新时代文明实践志愿服务大队，整合各志愿服务组织，下设"红色宣讲""蓝色科技""金色文化""绿色文明""橙色暖心"5个支队，每个支队

下设多支小队，明确服务项目、服务对象。同时，各村（社区）建立新时代文明实践志愿服务小队，成立以思想宣传、民主协商、文化礼堂运行、乡风民风评议、文体活动展演、农业技术服务等为主要内容的志愿服务小队，常态化开展志愿服务活动。2021年1月27日，南湖区新时代文明实践中心和农村文化礼堂建设现场会在嘉兴科技城（大桥镇）召开。

"以社会主义核心价值体系引领社会思潮，坚持典型引路，强化道德养成，建强阵地，培育品牌，推动形成奋发向上、崇德向善的强大力量，积极打造具有新时代特色的精神文明高地。我们还将继续精心开展主题宣传、形势宣传、政策宣传等活动，唱响新时代主旋律，形成强大的主流舆论场，为高质量发展增强思想和精神动力。"嘉兴科技城党工委副书记、管委会副主任曹建弟说。

面对严峻的新冠肺炎疫情，全体宣传员闻令而动，精心策划疫情防控主题系列报道，展开全方位、全天候、全覆盖宣传；牢牢把握正确舆论导向，及时反映疫情防控进展成效、社会反响、经验做法。舆论引导紧扣主线、精彩故事聚焦主题、宣传举措坚守主责，在《浙江日报》《嘉兴日报》等市级及以上媒体发表报道200

2019年11月1日，嘉兴科技城（大桥镇）新时代文明实践所落成

2021年1月27日，嘉兴科技城（大桥镇）承办南湖区新时代文明实践中心和农村文化礼堂建设现场会

余篇，以强劲主流舆论振奋人心，持续唱响主平台战"疫"最强音，激发起众志成城齐心抗疫的嘉兴科技城（大桥镇）力量。

围绕"庆祝中国共产党成立100周年"主题，推出"追｜信仰之路""颂｜辉煌之印""启｜时代之程"三大篇章，开展庆祝百年"四个一"工程（提炼一种精神、编纂一本书、拍摄一部纪录片、创作一首歌曲）、情系百年党员寄语、筑梦百年电影展播、奋进百年评选活动、礼赞百年庆典晚会等系列活动，以系统谋划奏响百年砥砺旋律，以主题宣传讲好百年非凡成就，以主题活动展现百年信仰力量，为党的百年大庆记载伟业、展示辉煌。

"南湖畔起航，心怀强国梦想。长三角搏浪，明珠闪耀东方。科创新城，群英荟萃一堂。'三生'融合，奋斗迎来辉煌……崛起的科技城，梦中的鱼米乡，江南烟雨滋养着，一片新的希望。依偎的红船旁，初心永远不忘，理想信仰坚守着，点亮未来的光。"这首优美而又气势磅礴的歌曲《未来的光》就是嘉兴科技城为隆重庆祝中国共产党成立100周年而创作的嘉兴科技城之歌。

"100年风雨兼程，100年奋力拼搏，坚强与成熟、辉煌与壮举接踵而至！祝福党的事业一路高歌、再续传奇！""有一种忠诚叫坚贞不渝，有一种力量那是党的力量！锤子镰刀打天下，建功立业万古芳！愿党的明天更美好！""梦想的召唤鼓舞人心，奋进的步伐坚实有力！愿党的事业蒸蒸日上、一往直前！""红船旁，党旗飞扬；为理想，创新创业；科技蓝图，即将展望；无比挚爱，敬爱的党！""党是我心中的太阳，照耀我一生的温暖；红船精神是我人生的信念，激励我奋发向上！""进百家门，听百家言，知百家事，解百家困，暖百家心！一颗红心跟党走！"……一份份发自肺腑的祝福，一句句铿锵有力的誓言，表达了嘉兴科技城（大桥镇）全体党员干部对党、对祖国、对人民的赤诚之心。2020年12月，嘉兴科技城（大桥镇）拍摄制作"凝聚党旗下，奋进新时代"百年党员寄语宣传视频，并于2021年1月1日，在进入建党100周年的首日进行了首播。

自嘉兴科技城（大桥镇）成立以来，各条战线坚守初心、勇担使命、砥砺前行，各项工作取得了丰硕成果，经济发展加速增效、投资建设主动作为、争先创优成效明显、干部精神不断提振。为充分发挥先进典型的示范引领作用，进一步激励广大干部、人才、企业家干事创业激情，以主平台的站位姿态和担当作为打造全市"唯实惟先、善作善成"团队标杆，2021年3月，嘉兴科技城（大桥镇）推出"奋进百年"评选活动，共评选新时代"重要窗口"10家以及首创人物、奋斗人物、奉献人物各10人，并在庆祝中国共产党成立100周年庆主题活动进行表彰。

在党的百年历史交汇点上，习近平总书记发出了党史学习教育动员令，正当其时、意义重大、影响深远。2021年2月20日，党史学习教育动员大会在北京召开，习近平总书记出席会议并发表重要讲话。他强调："在全党开展党史学习教育，是党中央立足党的百年历史新起点、统筹中华民族伟大复兴战略全局和世界百年未有之大变局、为动员全党全国满怀信心投身全面建设社会主义现代化国家而作出的重大决策。全党同志要做到学史明理、学史增信、学史崇德、学史力行，学党史、悟思想、办实事、开新局，以昂扬姿态奋力开启全面建设社会主义现代化国家新征程，以优异成绩庆祝建党一百周年。"

在中央、省委先后召开动员部署会后，嘉兴科技城（大桥镇）立即起草《党史学习教育工作方案》（以下简称《方案》）。《方案》准确把握党史学习教育的节奏，突出红船味、科创味，以"我在最红的地方"为标识，开展好"我在最红的地方学党史"专题学习、"我在最红的地方守根脉"专题宣讲、"我在最红的地方悟思想"专题活动、"我在最红的地方践初心"专题实践、"我在最红的地方建新功"专题行动、"我在最红的地方锤党性"

专题检视"六大专题活动"，在学习内容形式方法上形成具有嘉兴科技城（大桥镇）辨识度的创新做法。其中在宣讲方面，以"红·智"宣讲团为引领，推出了全员参与"贴近式"宣讲、全面覆盖"暖心式"宣讲、全程贯穿"文艺式"宣讲的"三全三式"模式；在开新局方面，推出了标杆产业打造、标杆城镇创建、标杆团队锻造"三大标杆建设"；在专题检视方面，推出了查找问题"往实里走"、检视问题"往深里走"、整改问题"往快里走"3个"往里走"。

2021年3月24日，在南湖区党史学习教育动员部署会后，嘉兴科技城（大桥镇）第一时间召开动员部署会，激励上下认真学党史、悟思想、办实事、开新局，更加奋发有为地推动各项工作争先创优。党史宣讲、党史竞赛……党史学习教育热潮在嘉兴科技城（大桥镇）迅速掀起，绽放出各种色彩。

嘉兴科技城（大桥镇）紧扣目标要求，坚持"三个带动"引领学，积极推进党史学习教育迅速升温、全面铺开。一是领导带干部层层学。嘉兴科技城党工委、管委会领导班子，科级领导干部，各村（社区）、事业单位、两新党组织负责人带头学党史、悟思想。围绕习近平总书记在党史学习教育动员大会上的重要讲话精神、《习近平在浙江》采访实录等开展专题学习，并进行交流研讨。二是干部带典型细细学。发挥广大党员干部先锋作用，组织引导干部运用自身优势，积极参与学习、宣讲、社会治理等活动，以实际行动带动身边典型。三是典型带党员密密学。各基层党组织围绕主题主线，组织开展形式多样的党史学习教育，要求全体党员以全面学习党史为重点，引导广大党员读懂党百年历史中的"变"与"不变"，加强对党的初心的认识，深刻体会党走过100年风雨历程的艰辛。

结合正在如火如荼开展的党史学习教育，切实守好红色根脉，营造平安稳定和谐的社会氛围，嘉兴科技城

（大桥镇）各级党组织的党员切实履行起红船护旗手的使命和担当，从党史学习教育中汲取为民办实事的动力，积极行动起来，多措并举地开展"我为群众办实事、我为企业解难题、我为基层减负担"的专题实践活动。通过列出为民办实事清单，扎实开展"提升服务、优化营商"活动，深入基层走访调研。通过开展"问症治根"大行动，实现政务服务质量、效率双提升，迅速解决群众和企业反映的热点痛点问题。在为企业解难题中，嘉兴科技城（大桥镇）坚持以"服务企业帮忙不添乱、促进营商环境再提升"为宗旨，着力为企业办实事、解难题、谋发展。为服务好辖区重点人才企业，帮助企业解决人才紧

2021年3月25日，嘉兴科技城（大桥镇）
举办党史学习教育专题研讨会

缺问题。嘉兴科技城（大桥镇）还根据企业的产业方向和专业要求，联系了与企业专业对口、毕业生质量优异的高校，提出了校企合作、共同培育优秀青年专业人才的构想。"对基层和群众反映的问题，要尽全力立即解决，一时解决不了的，要制定方案，定出时限，公开承诺；涉及多部门的事项，要及时确定牵头单位，联合办理。"嘉兴科技城（大桥镇）相关负责人如是说。

2020年12月，中共嘉兴市委、嘉兴市人民政府印发《关于命名2018—2020年度嘉兴市文明单位、文明村镇的决定》，大桥镇获评2018—2020年度嘉兴市文明镇。近年来，作为全国百强镇，大桥镇深入扎实地开展创建文明镇活动，努力提高群众的整体素质和文明程度。党委、政府坚持每年投入大量资金，办好一批民生工程，包括解决村级交通、环境整治、养老机构、文化设施等与群众息息相关的热点、难点问题，既让群众感受到文明创建的成果，也增强群众参与文明创建的主动性。

凝聚人心、凝聚力量、凝聚智慧、凝聚共识。在全力推进党建工作，积极发展党建优势的同时，嘉兴科技城（大桥镇）还注重团结、引导和动员各方面力量，发挥各阶层、各

领域的优势，同心同德、齐心协力地推进各项工作。

紧抓"思想上同心同德、目标上同心同向、行动上同心同行"的主题、主线，紧扣"思想政治引领，集聚统战力量，推进工作创新，服务发展大局"的目标、任务，充分发挥统一战线凝聚人心、汇聚力量的政治优势，通过开展活动、搭建平台、提供载体等，从科研院所、领军企业等领域纳入更多优秀专家、海归学者、学科带头人，谋求最大公约数，扩大统战工作"同心圆"，让党外代表人士活动起来、融入进来，持续壮大共同奋斗的力量。

围绕"凝聚侨心、汇聚侨力、维护侨益、发挥侨力"的使命任务，立足经济社会发展大局，深入涵养侨务资源，强化引导服务功能，高质量推进侨建联盟、侨力集聚、侨益服务"三大标杆地"建设，全力打造侨务工作科技城（大桥镇）样板。坚持因地制宜、突出特色，依托浙江清华长三角研究院、浙江中科院应用技术研究院侨联的带动作用，积极探索"平台＋地方"侨联建设新路，构建"1＋N"侨联组织体系，实现资源共享，推动侨联组织建设从"组织起来、活跃起来"转向"规范起来、提升起来"，打造侨建联盟标杆地；立足凝

2021年5月28日，长三角侨界高层次人才参观"侨立方"

心聚力、服务发展，依托"2＋X"创新体系，围绕"微电子、智能装备、生物医药"三大主导产业，组织引导广大归侨侨眷和海外侨胞发挥人才荟萃、融通中外的优势，助力侨界人士创新创业，实现"以侨引才、以侨引资、以侨引智、以侨促贸"，助推经济社会高质量发展，打造侨力集聚标杆地；着眼拉高标准、提升服务，依托"侨立方"功能发挥，厚植以侨为本情怀，构建"上下联动、左右协调、内外互动"的服务体系，打造凝聚侨心的"情感地标"，实现一站式解决侨企侨胞创业创新大小事，以倾心、倾力、倾情的服务关心侨、爱护侨，打造侨益服务标杆地。

依托嘉兴科技城商会，全面辐射嘉兴科技城（大桥镇）辖区内4000余家企业，深化民营经济人士理想信念，壮大高素质民营经济代表人士队伍。依托"三服务""政企面对面直通车"，加强商会对营商环境建设的日常监督和评议，为非公企业排忧解难。大力抓好企业经营管理人才、专业技术人才、高技能人才等人才的引进和服务工作，助推民营经济发展。

此外，嘉兴科技城（大桥镇）还开展新乡贤"寻根故土"系列活动，建设胥山遗址公园乡贤馆，发挥大桥镇乡贤联谊会纽带作用，为乡村发展出谋划策。同时，加强与在外游子的交流和合作，为乡村振兴尽心尽力、献计献策。

三　念好"三字诀"，把党建优势转化为发展优势

从思想上、行动上、队伍建设上进一步强化党建工作，把党建优势转化为发展优势。加强党建引领，提升党建水平，强化党风廉政建设，着力锻造一支勇于创新、敢于担当、善于攻坚、严于律己的铁军队伍。

全面提升基层党建水平，不仅要靠硬件的提档，还需要软件的不断升级。锻造铁军队伍、筑牢纪律防线、开展宣传教育……多措并举下，嘉兴科技城（大桥镇）的党建氛围日渐浓厚。其中，认真念好"三字诀"，从思想上、行动上、队伍建设上进一步强化党建工作，把党建优势转化为发展优势，是嘉兴科技城（大桥镇）各级党组织和全体党员的共同目标。

这个被视作党建工作法宝的"三字诀"，究竟有些哪些内容？究竟有些什么样的方法？

注重一个"学"字，让广大党员在思想上"武装"自己。持续推动"不忘初心、牢记使命"主题教育常态化、制度化。依托党工委理论学习中心组、嘉兴科技城论坛两大平台，开展学习宣讲活动，进一步唱响主旋律，提振精气神，凝聚正能量。让广大党员干部在真学、真做、真改上深化拓展，取得实效，进一步增强他们的思想自觉、党性观念、纪律要求和干事动力。

围绕一个"铁"字，着力锻造一支勇于创新、敢于担当、善于攻坚、严于律己的铁军队伍。以开展制度建设年、能力提升年、优质服务年活动为抓手，努力创新管理机制，优化发展软环境。在制度建设上，强化监督检查和问责力度，实行严管与厚爱并行的管理机制；在能力提升上，多培训、多探索、多实践，努力提升广大党员干部的专业素养和执行能力；在优质服务上，变被动服务为主动服务，变"粗放"为"精准"，创新服

务方式，提升服务效能。

彰显一个"廉"字，在强化党风廉政建设上，严明政治纪律与规矩，严肃党内政治生活，严把选人用人政治关、廉洁关、形象关，加强纪律教育，压实"两个责任"，运用好监督执纪"四种形态"，深化基层党风廉政建设"十个一"活动，准确把握党员干部容错免责机制，鼓励党员干部干净高效干事，履职担当创新。

2021年1月8日，在"南湖初心讲堂·'365天天讲'之微诵读"活动中，中共南湖区委书记朱苗为大家诵读了《习近平谈治国理政》第三卷中的《人民是我们党执政的最大底气》一文。

"不忘初心、牢记使命，说到底是为什么人、靠什么人的问题。以百姓心为心，与人民同呼吸、共命运、心连心，是党的初心，也是党的恒心。想问题、作决策、办事情都要站在群众的立场上，通过各种途径了解群众的意见和要求、批评和建议，真抓实干解民忧、纾民怨、暖民心，让人民群众获得感、幸福感、安全感更加充实、更有保障、更可持续。"习总书记的谆谆教诲，点点滴滴滋润在每位党员、每个人心头，使每位学习者都为之感动，为之振奋。多年来，嘉兴科技城（大桥镇）始终把政治理论学习放在极高的位置上，作为提高党员素质最基本的要求，化为推动工作的不竭动力。

"基础不牢，地动山摇。"党建基础直接影响到党组织的战斗力。嘉兴科技城（大桥镇）结合自身实际，创新性采用组织联设、阵地联用、经费联筹方式，用"联"字诀夯实区域党建基础。

如今，浙江清华柔性电子技术研究院探索校地合作科研院所党建工作新模式，已把党建融入人才引进、科技攻关、对外合作、科技管理等各环节中。在科研项目管理方面，柔电院党支部组织党员骨干"走出去"，与清华大学深圳研究院、上海微技术工业研究院等单位交流探讨；在学习借鉴基础上，完善了项目管理、人员激励、成果转化、信息发布等5项管理机制；在科研攻坚方面，柔电院党支部建立"党员研发攻坚组"，由党支部和院务会统筹协调，面向全院征集研发难题和科技项目，再由党员牵头1—5位科研人员联合申报和组队，攻坚科研项目。仅2019年，"党员研发攻坚组"已申请国家自然科学基金项目30项，省级科研项目22项，并完成多个专利申请，以科研力量有效推动研究院高质量发展。

闻泰、谱创等一批市双管党组

织，充分发挥市级党建指导员作用，"一对一"党建培优。卫星石化大力实施"星合"党建工程，夯实党员职工思想政治和企业文化建设，破解党建工作和经营发展"两张皮"问题，大力发挥党建作用，"合心"共筑卫星梦，"合力"共创引领者，"合美"共画同心圆，为企业实现"双五计划"提供坚强保障。在卫星石化，党支部的触角延伸到各部门及分公司等领域，科研工作站、生产基地、营销分公司、在建项目等均设立了党支部，党组织和党员在经营管理上发挥了重要的推动作用。

在大桥镇，农村环境全域秀美行动、垃圾分类等活动如火如荼开展，嘉兴科技城（大桥镇）各个村、社区中大量党组织、党员志愿者积极参与环境整治、优美庭院建设活动，助力中心工作开展。党建作用的发挥已渗透到各个领域。

基层党组织成为奉献社会的重要力量。

"吾家洗砚池头树，朵朵花开淡墨痕。不要人夸颜色好，只留清气满乾坤。"（元·王冕）

常态化推进党风廉政建设和反腐

2021年1月19日，闻泰党群服务中心揭牌

败工作，为区域经济社会发展提供强有力的保障。近年来，嘉兴科技城（大桥镇）坚定不移地推进党风廉政建设和反腐败斗争，围绕高水平建设清廉科技城（大桥镇）的目标，全面压实责任，一体推进不敢腐、不能腐、不想腐，为区域经济高质量发展、社会和谐稳定提供强有力的保障。

为深入推进全面从严治党向纵深发展、向基层延伸，逐级落实责任，层层传导压力，全面构建党风廉政建设的常态化机制，2021年，嘉兴科技城（大桥镇）建立"定期述廉"机制、"点题谈廉"机制、"会前学廉"机制，三个常态化机制让党风廉政建设更加深入人心。

"定期述廉"机制由嘉兴科技城党工委、大桥镇党委，各机关党支部、各村（社区）党组织分层次、分类别，定期安排若干名领导干部，向相应的党组织报告个人落实党风廉政建设主体责任情况。

述廉内容根据《中共嘉兴市南湖区委办公室关于印发〈党风廉政建设党委（党组）主体责任和纪委（纪检监察组）监督责任清单〉的通知》的有关要求进行。有关负责人现场点评，针对指出的问题不足，述廉人员也将提出针对性和可操作性的具体整改措施，并在规定时间内抓好整改落实。

"点题谈廉"机制由驻嘉兴科技城纪检监察组（大桥镇纪委、监察办）以走访座谈的方式，到机关各部门、村（社区）了解工程建设、项目招引、项目推进、民生保障、惠农支农、内部管理等方面的党风廉政、风险防控、权力运行等推进情况。每次驻嘉兴科技城纪检监察组（大桥镇纪委、监察办）提前5个工作日确定点题谈廉的内容，涉及部门（单位）须根据点题内容事先梳理制度建设、风险防控等情况，走访座谈中，驻嘉兴科技城纪检监察组（大桥镇纪委、监察办）进行点评，提出整改意见，要求部门（单位）在1个月内就有关问题报送整改落实情况。

党风廉政建设3个常态化机制是今年嘉兴科技城（大桥镇）从主观意识着手，提升"规矩规范"意识，一体推进"不敢腐、不能腐、不想腐"体制机制的一大创新举措。

2021年，嘉兴科技城（大桥镇）将完善全面从严治党责任制度，抓好各项规定动作，出台年度党风廉政建设和反腐败工作组织领导与责任分工，党风廉政评议、考核等制度，逐级签订责任书，形成一级抓一级、层层抓落实的格局。紧盯人、事、权3个重点，结合班子成员岗位实际，进一步细化领导干部党风廉政建设"一岗双责"共性清单和个性清单。

随着清廉机关、清廉企业、清廉村居等创建推进，嘉兴科技城（大桥镇）加快推进倪家浜村、亚欧社区、嘉兴科技城投资开发公司等一批清廉文化建设示范点建设，挖掘本土清廉人文资源，打造廉政教育景观线，并探索村（社区）清廉指数"三色"预警机制，每月动态监测调整。综合运用专家授课、谈心谈话、警示教育等多种形式，配制"廉洁教育套餐"，提升教育综合效果。

聚焦中心工作，驻嘉兴科技城纪检监察组（大桥镇纪委、监察办）紧盯政治站位、责任落实、创先争优、攻坚克难等方面开展监督，加大对不作